U0087992

狐鬼精怪皆人情

聊齋誌異

原著　清·蒲松齡

編寫　詹文維

三民書局

主編的話

在經典故事中成長

我常常思索著，我是怎麼成了一個說故事的人？

有一段我已經忘卻的記憶，那是一個沒有什麼像樣娛樂的年代，大人們忙著養家活口或整理家務，大部分的孩子都是自己尋找樂趣，妹妹告訴我，她們是在我說的故事中度過童年的。我常一手牽著小妹，一手牽著大妹，走到家附近那廢棄的老宅前，老宅大而陰森，厚重而斑駁的木門前有一座石階，連接木門和石階的磚牆都已傾頹，只有那座石階安好，作為一個講臺恰到好處。妹妹席地而坐，我站上石階，像天方夜譚般開始一千零一夜的故事。

記憶中的小時候，我是個木訥寡言的人，所以當小妹說起這段過去時，我露出不可思議的神情，懷疑她說的是另一個人的事。雖然如此，我卻記得我是如何開始寫故事的。那是專三的暑假，對所有要上大學的人來說，這個暑假是很特別的假期，彷彿過了這個暑假就從青少年走入成年。放暑假的第一天，我從北部帶著紅樓夢返家，想說漫長的暑假適合讀平日零碎時間不能完整閱讀的大部頭。當我花了兩個星期沒日沒夜看完紅樓夢，還沒從寶黛沒有快樂結局的悲悽愛情氛圍中脫身，突然萌生說故事的衝動，便在酷暑時節，窩在通鋪式的臥房，以摺疊成山的棉被權充書桌，幾個下午就完成我的第一篇短篇小說、我說的第一個故事。寫完時全身汗水淋漓，用鉛筆寫的草稿也被手汗沾得處處字跡模糊，不過我不擔心，所有的文字都在我腦海中，無需辨認。之後我又花了幾天把草稿謄在稿紙上，投寄到台灣日報副刊，當那個訴說青春少女和遲暮老人忘年情誼的小說變成鉛字出現在報紙副刊，我知道我喜歡說故事、可以說故事，於是寫了一篇又一篇的小說，直到今天。

原來是經典小說帶領我走入說故事的行列，這段記憶我始終記

得，也很希望在童年時代還耐不下性子閱讀原典的孩子們，能和我一樣在經典故事中成長。

　　雖然市場上重新編寫經典小說的作品很多，但對我這個有兩個少年階段孩子的母親來說，卻總覺得找不到適合的版本，不是太簡單，就是太難，要不然就是刪節得不好，文字不夠精確等等，我們看到了這當中的成長空間，於是計畫進行一套經典小說的改寫版本。

　　首先我們先確定了方向，保留較多文學性，讓這套書適合大孩子閱讀；但也因為如此，讓我們在邀請撰稿者方面碰到不少困難。幸好有宇文正、石德華、許榮哲等作家朋友們願意加入，加上三民書局之前「世紀人物100」的傳記書系列，也出現了不少有文采、有功力的寫作者，讓這套書可以順利進行。對於文字創作者來說，創意是珍貴的資產，但改寫工作就像化妝師，被要求照著一張照片化妝，不能一模一樣，又不能不一樣，一些作者告訴我，他們在撰寫這系列的書時，常常因為想寫的和原著不太一樣而卡住，三民書局的編輯也常常要幫著作者把寫作節奏拉回來，好幾本書稿都是初稿完成後，又大幅刪修，甚至全部重寫。辛苦的代價便是呈現在讀者面前的這套書——文字流暢、故事生動，既有原典的精華，又有作者的創意調拌，加上全彩印刷、配圖精美。這是我為我的孩子選擇的一套書，作為他們告別青春期的最佳禮物，希望能和天下的學子、家長們分享，也期待這套「大部頭的套書」，經過作家們巧妙的改寫、賦予新生命後，保留了經典的精神，又比文言白話交雜的原典更加容易親近，讓喜歡聽故事、讀故事的孩子，長大後也能說故事、寫故事，於是中國經典文學的精華就能這麼一代一代傳誦下去。

iii

林黛嫚

讓想像在心中發芽

跟三民合作很多年了，因為一邊要工作一邊要寫小說，所以寫來辛苦，產量也不高。但是，因為三民每次的計畫都很吸引我，所以還是決定犧牲休息時間來寫作。

兒女英雄傳寫完之後，編輯又丟了些書目給我參考，我一看到聊齋誌異就非常興奮的說要寫。因為從小我就好喜歡看聊齋誌異。不管是小說、改編的電視劇、改編的電影，我都覺得好好看喔。我喜歡那各有姿態的鬼狐精怪，喜歡那曲折離奇的故事內容，喜歡那瑰麗幻變、不受拘束的想像世界。

為了進行改寫創作，我重新再讀了一次聊齋誌異。年紀大了，加上現在的心情上不只是讀者，還是創作者，所以閱讀的層面和以往不同。不得不讚嘆，聊齋誌異真的是好書，真的是經典。不同年紀，會讓你看到不同的東西，但是一樣吸引人。改寫的過程中，對原著作者蒲松齡的才情自然就更加欽佩。

能改寫聊齋誌異，是很快樂的事情。我找了九篇具有代表性的作品進行改寫，有些是我耳熟能詳的，有些是以前不大注意到的篇章。但是只要能吸引我、觸動我的感覺或想像世界，我就會進行改寫。

暑假剛開始動筆的時候非常順暢，完全停不住，像是被狐仙鬼神附身一般，一天就可以下筆好幾千字，甚至寫到自己掉眼淚。我最喜歡的就是促織。這一篇我小時候就讀過，當時只是覺得好玩，現在懂得蒲松齡想寫的是什麼了，所以嘗試以全新的筆法挑戰這一篇。當時只花一、兩個晚上就改寫完了，一寫完就為這個悲傷的故事哭了。一個故事，讓我自己從閱讀者跨到創作者，從童年跨到接近中年。我可以重新說出一個故事，是因為自己這些年的經歷，成

為創作的沃土，小時候埋下的文學種子，這時候已經長大成樹，開枝散葉。以全新的筆法詮釋故事，不但是跟蒲松齡對話，也是向偉大的他致敬。因為他的作品，我的矇昧才得以被啟發。

　　不過，沒有一帆風順的人生，下筆也不會永遠行雲流水，狐仙也會退駕的。等到又要開始教書的時候，寫作的速度退得飛快。能寫作的沒幾個晚上，而一個晚上又寫不了幾個字，再加上編輯給意見之後，我也會對作品進行刪修，所以有些篇章，就無法一氣呵成的完成。

　　為了找回寫作的感覺，融入那個充滿幻想的世界，就要拿出法寶。「背景音樂」就很重要，電視要有主題曲，寫小說也要有配合的背景音樂。為了找出能觸動想像力的音樂，我開始在網路上搜尋電影或是連續劇的歌曲。搜尋這些歌曲，也是很快樂的事情。以前看的電影、電視，也利用聽歌的時候一再回味，那種感覺就像是跟老朋友閒話當年一樣。歌是朗朗上口，事是歷歷在目啊！

　　在又辛苦，又快樂的過程中，故事總算順利完成。很高興，有人願意聽我說故事。很希望我重說的故事，也能為你埋下一顆什麼樣的種子，也能給你一個什麼樣的夢，什麼樣的童年。

詹文維

聊齋誌異

目次

導讀

「鬼話連篇」說「人間百態」

聊齋誌異是一本家喻戶曉的名著，作者為蒲松齡。蒲松齡（西元 1640～1715 年）出生在山東淄川縣蒲家莊，家裡算是書香世家，還有好幾個科舉考試都考上功名的祖先，不過家業並不算豐厚。蒲松齡的父親考不上秀才就去經商，賺了點錢。據說，蒲松齡出生前，他父親夢到一個苦行僧走進家裡。蒲松齡就說，他一定是苦行僧轉世，一輩子才苦成這樣。

蒲松齡一生到底多苦呢？考試苦，生活苦，寫作苦！

以前清朝科舉的第一關，得經過「縣、府、道」三級的入學考，考上的學生，就是我們說的秀才。蒲松齡十九歲的時候去考入學考。當時考試文章有一定格式，就是所謂的「八股文」。蒲松齡呢，可能是年輕又有才氣，不愛寫八股文，竟然把入學考的文章寫得像小說一樣。照理說，這是要被打回票的。可是主考官太賞識蒲松齡的才氣，覺得蒲松齡一篇小文章，把人們追逐富貴的醜態寫活、寫絕了，這是非錄取不可的啊！主考官立刻決定以第一名錄取蒲松齡，而蒲松齡在「縣、府、道」三級考試也都是第一名。

他才十九歲，正是年少得志，可是他的好日子只到這裡。往後，他考到七十二歲，都沒通過省城舉辦的鄉試，連個舉人都沒考上，等到白髮蒼蒼的時候才候補上大概是現在中學副校長的位置。不過因為沒開缺，所以也沒用他。照理朝廷會給些補貼的錢，不過縣令沒發給他，還是蒲松齡寫了一份報告才申請到的。

蒲松齡考試不得志，加上父親過世分家時，大哥、二哥把好處

占光，他分不到什麼家產，所以一輩子都是窮書生。

蒲松齡還寫了一篇祭窮神文。他跟窮神說：「你怎麼偏偏要進我的家門？難道說，這是你的衙門，你住了就不動了呀！你就是世代住在這裡，也應該去別的地方巡巡啊！我就是你一個貼身的家丁，護駕的將軍，你也該寬大的放我幾天假呀，但你步步跟緊不離身，好像是個黏在一起的情人？」

三十一歲那年，他窮得不得了，只好去江蘇寶應的衙門，當孫蕙的師爺。這一年對他來說很重要，他不但在那一年對衙門的情形有所了解，也因為孫蕙養了歌舞伎，所以他才有機會接觸思想較為開放的年輕女子，這些女子也就脫胎為他筆下勇於追求情愛的鬼狐了。

蒲松齡只做了一年師爺就辭職回鄉，繼續在貧困和科舉中掙扎。四十歲那年開始去當一個官宦人家的家庭老師，由於主客相處融洽，薪水也高，他比較能維持生活與寫作，也有機會和當時的名士往來，所以他這一教就是三十年。

這當中，蒲松齡前前後後花了四十多年的時間在寫聊齋誌異。所謂「誌異」，就是記述異聞。蒲松齡喜歡聽人家講些奇聞異事，聽到之後，開始改編寫作。寫作對他來說是心靈寄託，也是另一種千秋大業。他把奇聞異事擴大敘述，賦予深刻的主題、精巧的結構、鮮活的人物和洗鍊的文字。故事寫得太奇幻了，以致於影響他讀書以及寫八股文的考試文章。他有一次考試沒過，就是因為寫得很痛快，違反當時考試規定的書寫格式。即使他的朋友勸他不要寫，他也無法停筆。

聊齋誌異可以說是蒲松齡窮究畢生精力寫出來的作品。他以鬼、狐、奇人、書生為主角，寫出一篇篇歌頌愛情、嘲諷社會黑暗、科考弊端的小說。全

書四百九十餘篇，四十多萬字，在當時就深獲讚賞，在文人之間輾轉傳抄。

　　乾隆三十一年（西元 1766 年），睦州太守趙起杲籌資刊刻，即著名的青柯亭刻本，此後多種刻本和翻刻本（內有註本、評本、圖詠本）相繼問世，聊齋誌異從此風行天下，傳誦不衰。近半個世紀，更有手稿本（半部）和多種抄本的影印本、會校會注會評本、新註本、新評本、白話譯本等不斷推出，盛極一時。

　　聊齋誌異的評價極高，被譽為古代文言短篇小說中成就最高的作品集。趙起杲將聊齋誌異與莊子、史記等古文經典相提並論，魯迅在中國小說史略中評說聊齋誌異：「描寫委曲，敘次井然，用傳奇法，而以志怪，變幻之狀，如在目前。」又說：「使花妖狐魅，多具人情，和易可親，忘為異類。」郭沫若則非常精準的稱讚他「寫鬼寫妖高人一等，刺貪刺虐入木三分」，另一位作家老舍也評價蒲松齡「鬼狐有性格，笑罵成文章」。

　　聊齋誌異讀者群非常廣大，鄧小平就很愛讀聊齋誌異，他的名言：「不管黃貓、黑貓（後被訛傳為黑貓、白貓），只要會捉老鼠的就是好貓。」就是脫胎自聊齋誌異裡的「黃狸黑狸，得鼠者雄」。

　　要改寫這麼一部經典的小說，很容易，也很不容易。因為聊齋誌異的架構很精準，添枝加葉，很容易變成畫蛇添足、狗尾續貂。通常我在架構中動手腳的話，編輯都會要求我修改。不是因為非得忠於原著不可，而是因為原著太好了，很難改動架構。

　　所以這個改寫版本，架構更動不多，大部分都是掌握蒲松齡的創作精神，以白話文書寫，添加一些新的元素、觀點，或是更動敘

述筆法，完成「新」的作品。

在不斷重新閱讀聊齋誌異中，我所掌握到的精神是「美醜虛實」這四個字。蒲松齡真的像是苦行僧投胎，但是他用「美」來苦中作樂，所以他歌頌愛情，讚揚人性中光明美好的那一面。同時，他也洞澈人世間的「醜」，所以以嘲諷的筆法寫出種種姦情醜態。在鬼狐精怪、奇人異事所「虛」構的故事中，他所掌握的人情卻是「真」實而不狗血矯情的。

這種精神之下，我選出了九篇很值得介紹給讀者的作品：畫皮、晚霞、促織、宦娘、席方平、嬌娜、葛巾、喬女、聶小倩。讀者在閱讀的時候，不妨好好的感受「美醜虛實」這四個字，想想原著作者或是改寫作者想歌頌什麼、想嘲諷什麼。用這樣的態度去看書，可以有不同的體悟。如果不想看個故事還要動這麼多腦筋的話，那就放輕鬆去看故事。

在畫皮中，你可以看到我添加了大、小老婆互鬥的局面；在晚霞中，蒲松齡的愛情寫得比較理所當然，可是我多花筆墨和橋段來加以鋪陳，這也是我改寫聊齋誌異時最常做的事情——用女人的觀點去寫愛情；用女人的觀點，重新去感受或形塑女主角的性格。後面幾篇的宦娘、嬌娜、葛巾、喬女、聶小倩，都是如此。這些女主角，有鬼、有狐、有花、有人，性格有溫婉俏甜、有剛烈正直，愛情或者完美、或者遺憾、或者昇華。

論愛情，讓我最有感觸的故事是嬌娜，一種昇華的愛情，不需要跟一個人天長地久，卻可以為那個人付出生命；論人物，我最欣賞喬女，她是聊齋誌異中少見的醜女（聊齋誌異中連丫鬟都是美女呢），可是喬女性格鮮明，叫人激賞；論筆法，最有趣的改寫就是促織，完全改成第一人稱

的敘述；論最難改寫的就是<u>聶小倩</u>，因為<u>聶小倩</u>是聊齋誌異中知名度最高的女鬼，比起原著，我喜歡把<u>聶小倩</u>寫得心機重一點。為什麼我要這麼改呢？呵，希望你看完故事，可以有個答案。

現在就請你好好的看看這本<u>聊齋誌異</u>吧。希望你會喜歡。

寫書的人
詹文維

這傢伙乍看很文靜，但其實熱愛運動。成功挑戰四十二公里的全程馬拉松，一直是她最得意的事情。和她熟了一點，會以為她很愛笑，但其實她很容易一個人看書看到哭。這輩子沒多少事情可以拿來說嘴，不過因為運氣好，讀書用功，所以有機會讀到「<u>臺灣大學</u>」，見識到一堆比她厲害許多的朋友。因此這傢伙雖然窮，卻因為認識了這些人，而有了豐富的精神資產。

聊齋誌異

畫 皮

　　太原人王三郎，因為有賢妻陳氏娘家的幫助，家境漸漸富裕。兩人結婚五年，雖然沒有生下孩子，但夫妻恩愛，王三郎外出經商總會帶些脂粉、髮簪給陳氏增添嬌麗。這天，他與同伴返鄉，因為錯過旅店，夜晚只好寄宿在破廟裡。一行人生了火，圍著取暖，閒話家常中，大家都稱讚王三郎的專情是世間少見，也都十分羨慕他與陳氏夫妻情深。幾人說笑時，突然從破廟外傳來一陣尖銳短促而怪異的冷笑聲，火光像是被人吹著，瞬間慘淡的暗了大半。寒風颼捲，颯颯響個不停，一行人暗自心驚，嚇得不敢出聲。可就這麼一下，火又嗶嗶剝剝的竄燒起來。大家雖然心裡發毛，但都裝成沒事，乾笑幾聲，心不在焉的又聊了幾句，入睡時，彼此都死命的挨緊身邊的人。

　　王三郎一夜難眠，清晨醒來，決定到外頭走一走。走沒多久，竟看見路旁一個女子背對著他，肩膀起起伏伏的，好像在哭泣。

「姑娘。」王三郎好奇的叫了她一聲。

女子轉過身，淚眼汪汪的看著王三郎。

看見女子楚楚可憐的絕色美貌，王三郎一下子竟然呆住了。

「這就是男人！」女子看著貌似忠厚的王三郎，心中暗自嘲笑。

「妳一個人……」王三郎結結巴巴，有些不知所措。

「人？」女子竊笑。那是千百年前的事情了，她早就已經不是人了。不過她也不是什麼尋常的鬼，比起那些只會在中元節搶食物的鬼，她有歷練、有志氣多了，她可是專吃人心的鬼呢！當然，一開始她只是偷屍體的心，只是過了不久，她就嫌屍體的心味道不夠鮮美。幾百年後，她的膽子變大，力量變強，就開始吃活人的心了。

「人的心真是醜惡啊！」她吃人心一段時間後，得到這個結論。

當然也有例外——不過她不喜歡遇到例外，因為好人的心她是吃不下去的。吃下好人的心，她不但五臟六腑翻轉，還會功力大損，最好吃的，就是人們常說那些「利慾薰心」的心。這種心酒色財氣入味，一

3

咬，獨特的腥味就從唇齒間滿了出來……

想到人心的美味，她忍不住抿了抿嘴。

這個動作在<u>王三郎</u>看來，竟是無意間流露出的萬種風情。「姑娘怎、怎麼會、會一個人在這裡呢？」結巴了老半天，他終於把這句話完整的說了出來。

「你是什麼人？」她不回答，反而問他。

「我叫<u>王三郎</u>……」為了取信女子，他將自己的來歷一五一十的說得分明。

她怎麼會不知道他叫<u>王三郎</u>。昨天夜裡，她就選上他了。呵，他們說他是難得專情的人，她看他只是缺少機會。稍一勾引，這男人的心，就會讓她養得醜惡美味。一伸手就在人的心口挖個窟窿，這樣多粗暴、多無聊啊，要享受把心養肥、養壞的過程，這才有趣。

「我叫做<u>媚娘</u>。」她隨口就編了個謊，「今年十六歲。因為家裡窮，所以被父母賣入有錢人家當妾，誰知道大老婆容不下我，動不動就對我又打又罵，我實在受不了，只得逃出來。」說著，她擦了擦眼角的眼淚。

王三郎同情的看著她。「那妳有什麼打算？」

「我手邊的錢已經用得差不多了，孤獨一人，也不知道怎麼辦才好……」她的眼淚又快掉下來。

「我幾個朋友都在廟裡休息，我去看看他們能不能幫忙拿個主意。」王三郎好意的想幫助她。

「公子千萬不要這樣做。」她叫住他，「我昨夜走到這兒，本來就想在這間破廟暫時休息一下，但是從窗外看到廟裡都是男人，我只好打消主意。公子想想，我一個女孩子，跟一群陌生男人共處一室，不是容易讓人誤會嗎？」

「也是。」王三郎一時之間無計可施，愣了一下，眉頭也皺了起來。

「公子忠厚老實，若是您不嫌棄……」她嬌羞的低下頭，「縫衣煮飯，挑水生火，我樣樣都會。媚娘願意跟隨公子。」

「啊？」王三郎從沒想過竟然有個大美人要跟著他回家，不禁又是一愣。

王三郎的反應，媚娘都看在眼裡，便故意說：「難道公子是擔心被我連累？」

「當然不是！」王三郎連忙否認。他現在被美色迷住，根本沒考慮到這件事呢。

「我剛才說了，跟一群男人在一起不太方便。公子若是願意，今晚我一個人在廟裡等您。公子若是害怕，我也不為難您。媚娘命賤，一切就看命運怎麼對待我吧。」她以退為進，抬頭又看了王三郎一眼。

那一雙眼神悲切，就是鐵打的心腸也會被融化，更何況王三郎本來就是個心軟的人，看了更是對她百般憐惜。「姑娘已經走投無路，我王三郎怎麼能夠見死不救？今晚不見不散。」

王三郎一口答應，真的以為她的生死全都要依靠自己了。

和媚娘分開後，王三郎腦袋裡牽掛的都是她的美貌和嬌弱，心裡想的都是她的話語和承諾，昨夜在廟裡聽到怪聲的事，他早已忘得一乾二淨。

回到破廟，王三郎與眾人將行李整理妥當，走了一段路後，便找個藉口，又折回破廟。回到破廟時已經是傍晚，媚娘還沒有來，他只好生了火，痴傻的等著。夜漸漸深了，天空忽然下起雨，寒氣逼人，王三郎縮著身子在火邊取暖，不禁有些恍惚。

媚娘為什麼還沒來呢？是不是根本沒有媚娘這個

人呢?也是,人間怎麼可能有這麼美豔又清麗的女子?

「三郎!」一聲嬌喊,打斷了王三郎的胡思亂想。他一抬頭,就看見媚娘從雨中奔來。

王三郎大喜,才剛站起來,媚娘便抱緊了他,她嬌弱而溼冷的身子顫抖著。「我好怕你不來。」媚娘軟甜的聲音在他耳邊低訴。

失而復得的驚喜,讓王三郎腦中空白,心頭狂跳。

「我都逃出來了,他大老婆竟還不願意放過我,派人追殺我。媚娘以為再也見不到三郎了。」她隨口瞎扯,謊言說得如同海誓山盟,彷彿歷經一場生死離別,兩人才能重逢。

其實,一切只不過是欲擒故縱,增加一些趣味而已。

王三郎被媚娘纏綿的話語迷住,一瞬間,竟產生了永遠都不要與媚娘分開的念頭。

「三郎。」媚娘含情脈脈的看著王三郎。

那一張楚楚可憐的俏臉,讓人心疼,也叫王三郎捨不得移開目光,只能呆呆望著她。

「沒有想到你真的願意等我,媚娘這一生都託付給你了。」火光曖昧的明滅,媚娘白皙無瑕的臉龐異常妖豔,笑得動人心魂。

「什麼專情的男子？」媚娘在心中嘲弄著，只不過是認識的第一個夜晚，她就可以輕易的讓他背叛對妻子的感情。

感到得意的同時，她不免也有些感慨——這世上還有真心專情嗎？

王三郎覺得生命中已經不能沒有媚娘了。他們一起回家，一路上夜夜同床共枕。媚娘動人的風情，讓王三郎像是著了魔似的愛著她，他幾乎是快到了家門口才想起結婚五年的妻子。

「姐姐容得下我嗎？」媚娘故做害怕。

她的頭上多了一支金簪——那是王三郎本來要送給陳氏的。她硬是要王三郎轉送給自己，因為金簪別在她烏黑的頭髮上，才是最美的。

「妳不用擔心，她是個很好的人。」王三郎的聲音很溫柔，卻不知道是因為跟她說話，還是因為提到的是陳氏的關係。「妳一定從沒見過像她這樣善良、溫柔、體貼、賢慧的人。」

媚娘笑笑。王三郎對陳氏的稱讚令她不舒服，不過沒關係，只要她能讓陳氏嫉妒，王三郎心中那個「溫柔的妻子」就會消失。哼，人的心多半是醜惡的。

陳氏得知王三郎回家了，高興的從佛堂出來迎接。下人已經告訴她，說王三郎身邊多了一個漂亮的姑娘，但卻沒人忍心跟陳氏說，那個姑娘有多麼的千嬌百媚。

陳氏來到大廳，看到媚娘驚為天人的美貌，神經不由得繃緊了。

媚娘打量著陳氏。嗯，陳氏身上檀香的味道太濃，讓她有些頭暈，不過相貌勉強算是清秀，只是太過端莊，身材也不再曼妙，想來是個單調又呆板的女人。

媚娘臉上堆滿微笑：「姐姐好。」她一點也不客氣，她就是要讓陳氏知道她已經是王三郎的妾、王三郎的人了。

陳氏只能回了一個笑容，心口卻有些悶悶的。

王三郎揮手要下人離開，走向陳氏：「娘子，我買了些胭脂、首飾給妳。」

陳氏一眼就看到媚娘頭上嶄新的金簪，立刻全部明白了。她笑了笑：「你從哪裡找來這麼標致的好妹妹給我？」

面對賢慧的陳氏，王三郎有些心虛。「她叫媚娘，身世很可憐，是我在路上救回來的……」他知道陳氏十分明理，所以從來不會隱瞞她任何事，便一五一十的告訴她所有經過。

「求姐姐成全。」媚娘忽然一跪，右手一拉，王三郎只能跟著跪下。

陳氏愣住了——媚娘哪裡是在求她？媚娘是在示威，要告訴她，王三郎現在已經任由媚娘擺布，再也不是專屬於她的丈夫了。

陳氏看了看窘紅著臉的王三郎，又看了看美麗動人的媚娘，心中百感交集。媚娘讓她感到很不安，一個十五、六歲的女子，不該有這樣子的風情與心眼，可是她的丈夫，應該已經被媚娘迷住心竅，愛到入骨了吧。

陳氏心裡無限酸楚，但是她不怨、不恨，只是悠悠的說：「夫君，成親五年以來，我無時無刻不在請求菩薩保佑，讓我為王家生個孩子。是你疼我，所以沒有納妾。如今上天送了這麼一個美貌的妹子，相信她必定能夠幫王家留下血脈。」

「假裝得體大方、惺惺作態，噁心！噁心！」媚娘打從心底厭惡陳氏。

「娘子。」任誰都聽得出，王三郎這一聲包含著多少感動。

「哼。」媚娘眉頭微皺，她非要激得陳氏又哭又鬧不可。她親暱的湊上王三郎的耳朵，低聲輕喃：「姐姐都這麼說了，要我幫你生孩子，今晚你可不許離開我。」

她的聲音不大不小，甜膩的嗓音、大膽的話語，任誰聽了都會臉紅心跳，纖纖玉手搭著王三郎，又勾去他一半的魂。

王三郎雖然覺得有些尷尬，但一見到媚娘調皮柔美的眼眸，又不忍心責備她。

媚娘笑得更甜了。她可不裝什麼端莊賢淑，狐媚任性才是她的本性，也是她的本事！

陳氏的臉一陣青一陣白，胃裡一抽一抽的翻攪著。王三郎每次出門總是好幾個月，她夜夜獨守空閨，日日燒香拜佛，就是希望他一路平安。如今，她連幾句思念的話都還來不及訴說，就要拱手將「丈夫」讓出了。

深吸了幾口氣，陳氏定下心神。她知道王三郎正對媚娘萬分痴迷，自己若是吵鬧只會惹他厭煩；再說，她是王三郎明媒正娶的妻子，當王三郎不在家時，這

家全有賴她打理，她可不是個只會哭哭啼啼的懦弱女子。

「你們一路奔波，一定累了，我讓下人去準備飯菜、熱水。妹妹雖然是妾，也不能讓她感到委屈。我再派人收拾房間給你們倆休息。」

「娘子辛苦了。」王三郎對她只有數不盡的感激。

媚娘眼底噴出怒火。可惡，陳氏這女人太難纏，她才不在乎在王家的地位如何，她只在乎王三郎的心——還沒入口之前，王三郎的心，也只能是她的。

媚娘霸占著王三郎，讓王三郎片刻也離不開她。陳氏將這一切看在眼底，心裡雖然難受，卻不動聲色，照常噓寒問暖，把王家所有事處理得井井有條。王三郎可說是同時擁有了賢妻與美妾，照理不該再有任何不滿足。

只是，王三郎多麼希望媚娘能和陳氏一樣的溫柔賢淑，能多讓他幾分，但媚娘總是我行我素，無論她想做什麼事，都要自己陪著，久而久之，他也有些疲累。一天，王三郎突然感慨的說：「娘子什麼都好，只可惜不如妳那麼風情萬種。」

媚娘惡狠狠的看著眼前的王三郎，眸中閃過一陣

怒火，心裡暗罵：「這平凡的男人貪婪得可惡！貪愛我如花似玉的美貌，卻也留戀那女人的體貼委屈。」

她之所以選上王三郎，就是因為她不相信他會是個「專情」的男人，現在她的猜測竟然成真。哈，這一切還不是因為他不專情，既貪圖溫香軟玉，才會使得賢妻委屈，反倒怪她不夠溫柔了。哼，他這樣的男人不配擁有這麼多。

不過王三郎跟其他男人稍微有些不同的是，他溫柔善良，不只對她極為細心呵護，對下人也很少大聲喝斥。有時候看到他溫柔而帶點傻氣的笑容，會讓她有一點點不一樣的感覺。

媚娘想起前幾天王三郎出門前，兩人依依不捨的情景。她的手勾著王三郎的脖子，任性的要求他不准出門，王三郎寵溺的摸摸她的頭，笑說：「雖然捨不得離開妳，但今天我真的得出門做生意。」

媚娘臉上的笑容一下子全都收了起來，她轉過身背對王三郎。

王三郎的手環上她纖細的腰，討好的說：「媚娘，不要氣了。」

媚娘假裝賭氣的撒嬌：「我不是生氣，是怕，我怕

姐姐不喜歡我。」

「不用怕。」他溫柔的笑著，「妳還看不出來嗎？她真的是個很懂事、很溫柔的人。」

媚娘不以為然，口氣裝得無比可憐：「我命苦，全得仰賴三郎保護我。」

「我知道，妳過去受了太多委屈，才會那麼不安，我不會再讓妳吃苦的。」

「一生一世，不離不棄，永不變心嗎？」

「當然。」

媚娘轉過身，白嫩的手指指著王三郎的胸口。「如果你變心，就讓你的心被鬼怪吃了。」她唇色鮮紅，笑起來更顯得美豔。

「傻瓜。」王三郎也笑呵呵的，口氣裡滿是寵愛。

媚娘笑而不語，將頭抵在王三郎的胸口，感覺他的心跳，「撲通、撲通」，強壯而有活力──而且美味極了。

傍晚，王三郎回來，還來不及讓媚娘品嚐剛買的點心，和換上新買的衣服，就看到她坐在椅子上，擦拭眼角淚水，袖子半滑，露出粉嫩手臂上一道道令人怵目驚心的血痕。

「這是怎麼回事？」王三郎丟下手中的東西，急得衝到媚娘身邊。

「姐姐容不下我。」媚娘的眼淚委屈的紛紛落下，「我和你的情分，也許就要結束了。」

王三郎緊緊抱住媚娘，難過的像心被刀割了一樣，「不會的，她不是這種人。」

「我原本以為，已經找到了一個能保護我一生一世的人……」她越說越惹人憐惜。

「妳當然找到了，我會一生一世保護妳！」王三郎失去了判斷力，他牽起媚娘的手，怒吼：「她太過分了，我替妳去教訓她！」

「好痛！」媚娘連連喊疼。

「不痛，不痛。」王三郎又吹又摸，心疼媚娘一身的細皮嫩肉，「我連對妳大聲一點都捨不得，她竟然狠得下心這樣打妳。我絕對饒不過她！」

熊熊的怒火吞噬了王三郎的理智，他帶著媚娘急沖沖的來到佛堂。

家裡的下人從來沒有見過王三郎這樣生氣，害怕的攔住他。「您千萬不要衝動，有話好好說啊！」

「是啊，有話用說的就可以了，需要這樣打人嗎？」王三郎一腳踹開了佛堂的門，「砰」的一聲，嚇

壞了所有下人。聽到喧鬧聲的陳氏一轉頭，正好看到王三郎把腳放下。

說時遲，那時快，王三郎一進門，立刻打了陳氏一記響亮的耳光。「妳太讓我失望了，我錯看妳了！」

陳氏不敢相信的看著她的丈夫。結婚五年來，王三郎從來沒有這樣對待過她。她剛挨打的臉上熱熱辣辣的，但心卻是一分一分的寒透。

「夫君需要鏡子嗎？」陳氏冷冷的說，「應該不是你錯看了我，是我錯看了你，你已經不是我認識五年的王三郎了。」

王三郎被陳氏看得心虛，這時才覺得自己下手太重。他有些懊惱，可是一時拉不下臉，只好拉起媚娘的手，有些軟弱的指責她：「妳為什麼要這樣毒打媚娘？」

這句話一出口，王三郎才發現，其實他得同時給兩個女人交代才行。

「我打了她？」

媚娘挺直腰，身子輕靠在王三郎身上，嘟著

嘴說：「我自己打得出這樣的力道、這樣的血痕嗎？」

　　事到如今，媚娘只能一口咬定是陳氏打了她。

　　陳氏心裡已經知道是怎麼一回事了。她不看媚娘一眼，只是站直了身子，說：「今天我的確有去探望她，但是我沒有打她。」陳氏終於不再客氣的叫媚娘一聲「妹妹」，也看清媚娘在王三郎心中的地位。

　　「五年來，我們沒有孩子，又聚少離多，難道你以為我明知你們現在萬分恩愛，還會笨到在這個時候出手打她嗎？不必誦佛、不必燒香、不必念經，這麼簡單的道理，沒有女人不明白的。」陳氏看著王三郎，繼續說：「我誦佛、燒香、念經，求的不是什麼大富大貴，而是希望菩薩能保佑這個家所有人都健康平安。好幾天沒見到你，聽說你瘦了，我不敢打擾你們，只能派人送些補品，讓你補補身子。」

　　陳氏的手撫上臉頰，「想不到，你雖然瘦了，氣色變差，力氣還不小呢！」

　　沒有哭天搶地，也沒有疾言厲色，陳氏看似輕描淡寫，字字句句卻都在控訴王三郎薄情，讓他羞愧得一張臉漲得暗紅，圍在門口的下人們也難過得低垂著頭。

　　陳氏頭也不回，抬頭挺胸的走出佛堂，一面還不

忘吩咐下人：「幫夫君煮碗人蔘雞湯，看能不能讓他恢復以前的樣子。」

「以前的樣子？」一股不安浮上王三郎的心頭。

他今天出門，熟識的人都對他說，他的氣色不好，還有人說他的臉有些發綠。他單純的以為那是因為和媚娘過度尋歡作樂造成的。可是他還遇到一個道士，說是鬼怪纏上了他。他原本以為道士只是想要趁機賺錢，也不放在心上，但現在連妻子也這樣說⋯⋯難道，他真的變了？而媚娘好像真有⋯⋯真有那麼一點古怪。他不由自主的看向媚娘。

「你不相信我嗎？」媚娘一雙大眼閃著淚光，凝視著王三郎，挽住他的手稍稍加重了力道。

「她看起來這麼無辜⋯⋯」王三郎的頭有些疼，便輕輕推開媚娘的手，「今晚妳讓我靜一靜吧。」說完，他轉身離開佛堂。

媚娘惡狠狠的瞪著王三郎的背影，「可惡！我怎麼會輸呢？」她憤怒的跺腳跟著走出佛堂，不禁對下人咆哮：「閃開！」

看到媚娘齜牙咧嘴的樣子，下人們面面相覷，覺得媚娘絕美的容貌好像醜惡了起來。

王三郎在客房床上翻來覆去，怎麼樣也睡不著，只能茫然的胡思亂想。他本來有個體貼的妻子、一個嫵媚的小妾，現在好像兩頭落空了。他想向陳氏道歉，又覺得似乎也該安撫媚娘──陳氏溫柔似水，媚娘熱情如火，兩人他都捨不下。尤其是媚娘的美貌，她那精緻細膩的五官和柔滑的肌膚，實在是人間罕見啊。

　　想到這兒，王三郎又隱約感到不安。難道媚娘真是鬼怪變的？雖然他與媚娘日夜相處，從來沒有見過她有什麼奇怪的行為，不過每次只要他問到她的過去，她總是回答得含糊，這麼說起來，媚娘確實是來歷不明。

　　王三郎越想越不對勁，忍不住動了要一探究竟的念頭。他心想：「就算媚娘生氣，我只要說是因為擔心她，要去安慰她，這樣哄她兩句就沒事了。」男人愛花容月貌，女人愛甜言蜜語。人們都以為他忠厚老實，但他其實也會說些情話，要不然，他和陳氏夫妻怎能如此情深？

　　決定之後，王三郎翻身下床，躡手躡腳的走向媚娘房間。他沒想到這麼晚了，媚娘的房間卻還透出光亮，在一片寂靜中，隱隱能聽見裡面傳出窸窸窣窣的聲音。

王三郎把耳朵貼近紙窗，心跳像打鼓一樣的「咚、咚」作響。

　　「可惡，都打成這個樣子了，他還不心疼嗎？可惜了這張漂亮的皮啊。」媚娘這樣罵著。

　　王三郎覺得這話十分古怪，忍不住用舌頭舔溼手指，輕輕戳破紙窗──不看還好，這一看嚇得他魂飛魄散──媚娘竟然不是人！

　　「媚娘」的面目凶惡，平時白裡透紅的臉蛋暗綠得接近黑色，還發出詭異的青光；白玉般的皓齒也變成一對陰森閃著白光的暴凸獠牙。牠正以肥厚殷紅的長舌頭舔著一張人皮，瘦可見骨的手指還一邊撫摸著人皮上的傷口。

　　王三郎不敢出聲，只見牠拿起一旁的畫筆，在人皮上仔細畫上五官。

　　「怎麼這麼美啊！」牠沉醉的讚嘆著，並極為細心的拎起畫好五官的人皮，就像在整理衣服一樣的抖了幾抖，再將人皮披在身上，轉眼間，就變回千嬌百媚的媚娘。

　　王三郎無比驚駭，顧不得雙腳已經沒有力氣，他就算用爬的也要爬離這裡。

　　「娘子救我！」王三郎逃進陳氏房間，站都站不

直的他，只能緊緊抱住陳氏的腿，拚命求救。

　　隔天，王三郎和陳氏一同出門找尋那名道士。兩人費盡千辛萬苦，總算在一間廟裡找到他，連忙跪下來求他救救王三郎。道士悲天憫人，不忍心傷害媚娘性命，便只是把手中的拂塵交給兩人，要他們將拂塵懸掛在門口。

　　想不到自己的性命全繫於一枝拂塵，王三郎雖然不安，也只能膽戰心驚的將拂塵掛在佛堂門口，召集下人守在佛堂內；陳氏則是帶著婢女們齊聲誦佛，希望能避過這場災禍。

　　正當緊繃了一天的眾人忍不住打起瞌睡的夜半時分，佛堂門外忽然傳來媚娘的呼喚：「夜深了，三郎怎麼還不回房休息呢？」

　　一聽到媚娘的聲音，眾人立刻驚醒，不是警戒的拿起棍棒壯膽，就是雙手合掌邊發抖邊求神念佛。而王三郎緊緊挨著陳氏，連大氣都不敢喘一聲。

　　媚娘銀鈴般的輕笑從門外陣陣傳來：「怎麼屋裡其他地方一個人都沒有，莫非是鬼來了嗎？」

　　陳氏大著膽子請求她：「姑娘，三郎待妳不薄，求妳放過他吧。」

一聽這話，媚娘發出尖銳短促的笑聲，刺耳的聲音在夜裡迴盪，格外令人毛骨悚然。王三郎猛然想起在破廟裡聽到的聲音，他才明白，原來當時鬼怪已經找上他了。

「我沒有不放過他啊。」媚娘恨恨的說：「是你們不放過我，竟然找道士對付我。」

「沒有這回事。」王三郎急著辯解，「我只是希望我跟妳好聚好散。」

媚娘又是一陣讓人心驚的尖笑。「這樣就要散了嗎？三郎，你不是說，一輩子永不分離，永不變心嗎？」

王三郎嚇軟了腿，雙腳一跪，竟忍不住哭了。「媚娘，饒過我吧。」

「我說過，你如果變心，你的心會被鬼怪吃了！」她絕對不會饒過王三郎的，他居然找道士對付她，這是最不可原諒的背叛。她吃過這麼多人，對他可是最好的。

媚娘忽然覺得好悲哀，她這麼用盡心機，希望王三郎能一心一意對待她，可是她得到的卻是令人傷心的結果。看來，鬼怪是永遠都找不到真心真意對待自

己的人的，想要得到一個人的心，唯一的方法就是——
吃了它！

　　媚娘冷冷的笑了，一翻眼，眼裡冒出妖慘的綠光，
飛身想伸手取下拂塵。「啊！」她發出痛苦的慘叫聲，
手碰到拂塵的部分，迅速燃燒起來。

　　佛堂裡面的人嚇得連連尖叫，棍棒、經書全丟在
一旁。

　　媚娘忍著痛，將拂塵折成兩半，一腳踢開佛堂的
門，猙獰的面孔嚇壞了一堆人。她看都不看其他人一
眼，眼中，只有王三郎一人。她直直的伸長那隻沒有
被火燒到的手，狠狠的撕開王三郎的胸口，取出他的
心臟，轉身就走。

　　所有事情發生得太快，空氣中還殘留著焦味與血
腥味。陳氏驚魂未定，一口氣哽在喉嚨，竟然雙眼一
翻，暈倒在地。

　　隔天一早，陳氏忍著悲痛再去懇求道士，道士聽
完了整件事的來龍去脈，震怒的說：「我本來是可憐
牠，才放牠一條生路，沒想到這鬼怪竟然如此囂張！」
他立即與陳氏一起回到王家。媚娘早已躲得不見蹤跡，
道士環顧四周後，站在院子中間，手持木劍，口念咒

語。這時，書房的屋頂忽然開始震盪，「砰」的一聲，媚娘從躲藏的梁柱上摔了下來，看到道士神通廣大，她慌張得想奪門而出。

　　道士大聲喝斥：「造孽的鬼怪，饒不了妳！」他追上媚娘，舉劍劈刺，媚娘應聲倒下，人皮「嘩啦」一聲脫落，現出鬼怪原形。牠發出淒厲的哀嚎：「我有什麼錯？那是他答應我的！」

　　「我本來想放妳一條生路，可惜妳執意殺人，無法看開，誤人害己。」道士深深一嘆，一劍砍下媚娘的頭，牠的身體立刻變為一陣濃煙，在空中盤旋。道士拿出葫蘆，念了幾句咒語，濃煙便被吸入葫蘆，那張蠱惑人心的人皮，則被他像捲畫軸一樣的捲起，收入袋子。

　　陳氏沒想到道士這麼輕易就收服了媚娘，心中又驚又喜，連忙跪求道士大顯神通，讓王三郎復活。

　　「這……收妖降魔是我分內的事，但要讓已經死去的人復活，這恐怕超過我的能力範圍……」

陳氏放聲大哭，不停的磕頭。道士怎麼勸她也沒用，只得說：「唉，妳平時行善積德，王三郎也有些善行，或許上天會可憐妳。這樣吧！我雖然無能為力，但前方市集上有一個瘋子，時常躺在糞土堆裡，他很有本事，妳可以去求他。不過妳要記住，不管他怎麼汙辱妳，妳都得忍耐。」

陳氏再三向道士道謝，便三步併作兩步急忙的趕往市集。果然，道士所說的瘋子正赤裸著上半身，瘋癲的哼唱著歌。他的鼻涕垂到胸口，骯髒不堪，惡臭無比，讓人不敢接近。陳氏跪爬到他的面前，瘋子笑著說：「咦，美人找我啊？妳是不是愛我呀？」

陳氏一邊磕頭，一邊將整件事的前因後果告訴瘋子，求他救救王三郎。

瘋子哈哈大笑：「這麼一個負心的男人，難道妳不恨他，還想要救他嗎？」

陳氏回答：「人生無常，何必永遠記掛著恨呢？三郎雖然辜負我，但並不是絕情，夫妻之間總是還有恩義。」話才說完，她又開始磕頭懇求。

瘋子不高興的說：「難道我是閻羅王嗎？人死了我怎麼可能救得活？」他怒氣沖沖的撿了根棍子，朝著陳氏一頓惡打。

陳氏牢牢記得道士的話，咬牙苦忍，明明已經痛到不行，她也不敢哼一聲。圍觀的群眾慢慢靠攏，對陳氏指指點點：「這乞丐發瘋，難道妳也瘋了嗎？就這樣白白的挨打？」

就在陳氏快要忍受不住的時候，瘋子突然丟下棍子。陳氏忍著痛，勉強撐起身子，雖然雙腿發麻，卻依然端正的跪在瘋子面前。瘋子吐了一口腥臭的濃痰，舉到陳氏嘴邊：「吃下去。」

圍觀群眾忍不住掩鼻轉頭，還有人不停乾嘔。

陳氏愣了愣，滿臉漲紅，下意識的閉起眼睛，想避開那股惡臭。

這時，陳氏腦中想起道士的吩咐，又想起王三郎逃進她房間的那天晚上，他抱著她的腿，要她救他的情景。當時，她答應了他啊！

陳氏的眼角閃著淚光，她張開眼睛，一口把痰吃下。圍觀群眾不敢相信的驚呼，稍有同情心的轉過頭去，不忍心再看，多事好奇的，依然對著陳氏指指點點。

腥臭的痰液入喉，陳氏感覺那痰就像一團棉絮，很難下嚥，似乎停在胸口。

「美人愛我，美人愛我了。」瘋子哈哈大笑，頭

也不回的離開市集。

　　錯愕了一會兒，陳氏立刻起身想跟上瘋子。只是瘋子走得太快，幾個轉角就失去了蹤影，陳氏只好拖著疲憊的身子回到王家。

　　陳氏默默的流著眼淚，一句話也不說，下人們害怕得不敢靠近她。而王三郎的死狀悽慘，屍體還放在佛堂，沒人敢處理。

　　顧念過去夫妻情義，陳氏想整理王三郎的屍體，以便能乾乾淨淨的下葬。但她一摸到屍體，一陣心酸湧上，終於忍不住嚎啕大哭。丈夫慘死，又在市集上被當眾羞辱的人生太過悲慘，她也不想活了。

　　陳氏泣不成聲，嗓音嘶啞，旁人聽了也感到傷悲。正當她哭到一口氣喘不過來時，突然覺得停在胸口的那團東西湧上喉嚨，她才張口，那團東西居然從她口中跳出，落入王三郎的胸膛——那居然是一顆心臟。

　　驚愕的陳氏看著心臟落入王三郎的胸膛後，開始咚咚的跳動，還冒出陣陣熱氣。陳氏連忙壓緊王三郎的胸膛，又叫幾個比較大膽的下人撕裂絲綢，將王三郎的身子密密細好。

　　過沒多久，王三郎的臉逐漸恢復血色，陳氏替他蓋上被子，整夜守在床邊，不斷誦佛。過了一天，王

三郎竟然復活了。

　　王三郎復活後，恍恍惚惚，還以為自己做了一場夢。直到陳氏告訴他事情的經過，他臉色一陣青一陣白，淚流不止，說不出話。

　　從此之後，王三郎對陳氏更加敬愛，雖然他們一生都沒有孩子，但是夫妻始終非常恩愛，白頭到老。

晚　霞

　　五月五日，端午，驕陽熾烈，錢塘江畔人聲鼎沸，精彩的賽龍舟吸引無數人潮。一艘艘龍舟雕畫得金碧輝煌，船上旗幟飄揚，錦繡斑斕。

　　每年賽龍舟最大的重頭戲，就是龍舟上會有孩童表演各種靈巧的雜技，然而江水洶湧，孩童隨時都可能落水溺斃。為了避免吃上官司，表演之前，船家都會給孩童父母多一筆的錢財──縱使人命關天，但窮人家的命還是有個價錢的，如果發生意外，絕對不能反悔告官。

　　頂著烈日，人們要看的除了龍舟，還有錢塘江畔的傳奇──蔣阿端。

　　蔣阿端從七歲起就在龍舟上表演，他藝高人膽大，動作迅捷，招式奇巧，短短幾年便闖出了震天的名聲。今年蔣阿端已經十七歲，船家希望他有所突破，所以他將在兩艘船中間表演走鋼索的特技。岸邊的觀眾人人踮著腳尖、伸長脖子，想搶個最好的位子欣賞蔣阿

端的表演。

　　蔣阿端才舉起雙手，岸上已經爆出如雷的掌聲。他先把球拋給船上的同伴，然後迅速的在鋼索上翻一圈跟斗，再接住同伴擲回來的球，如此重覆動作，每個動作都純熟靈巧，讓群眾看得驚呼連連，掌聲不斷。

　　蔣阿端深深的吸了一口氣，準備完成最精彩的演出。這是最後一次演出，等表演完，他就能存到足夠的錢，可以做些小生意，不用再賣藝、賣命。

　　江上風起，一個凶猛大浪襲來，蔣阿端俐落的翻身，腳下的船身晃個不停。

　　「啊！」人們尖叫聲四起——蔣阿端一手碰到鋼索，另外一手卻因為手溼滑了一下，竟然沒捉穩鋼索，整個人往江水狠狠的墜下，「砰」的一聲，激起滔天浪花。

　　「快救人啊！」尖叫與哭喊聲像是一波一波的浪潮，船夫們也急忙跳下船想救起落水的蔣阿端。

　　蔣阿端在水裡載浮載沉，江水像是正在享用美食，一口一口的吞吐著他的身體，誰都找不到他。江水浸入蔣阿端的口鼻，他想呼救，卻只是被無情的江水吞噬。

蔣阿端死了，可是他並不知道。

他的魂魄，龍君已經要了，可是他也不知道。

他只知道有兩個身著官服的人，領著他走入水中。那是個如琉璃般光亮，奇幻瑰麗的世界，海水如同山壁一般在四周聳立，不久，他被帶入一座宮殿。

人間有帝王，海中有龍君，這座宮殿就是龍君的住所。

龍君戴著金色頭盔，威儀堂堂的坐在大殿中。旁人才剛向他介紹：「這是龍君。」不需再多提醒，蔣阿端立刻知道自己應該下跪行禮。

龍君見蔣阿端反應很快，便臉色和悅的說：「阿端的技藝奇巧，讓他進入柳條部。」

「是。」帶領蔣阿端的兩人領命，快步離開。

蔣阿端什麼狀況都搞不清楚，只能緊跟著兩人，穿過重重迴廊後，被帶到一間房間，房中有個老婦人正在等他。「解媽媽，這是蔣阿端，龍君吩咐要安排他進柳條部。」

這名叫解媽媽的老婦人，本來是個仙女，卻因觸犯天條而被貶入人間，因為能歌善舞而深獲人間帝王寵愛。等到她死後，龍君特地向閻羅王討她的魂魄，讓她訓練龍宮裡的藝人。

解媽媽在龍宮的地位不低，很受尊重，不苟言笑的她看起來更有威嚴。

兩人離開後，解媽媽對蔣阿端說：「你既然已經死了，往後什麼念頭都要斷絕，乖乖在這裡練舞，知道嗎？」

蔣阿端愣了愣。「我死了？」他把記憶中所有的事情拼湊在一起，終於理出頭緒。

「我死了啊……」蔣阿端有些惆悵的喃喃念著。原來，這就是死的感覺；原來，魂魄還是得掙口飯過活啊。

不過他轉念一想，覺得死了好像也不錯。生前，他最大的願望就是能存點錢做個小生意，死後竟然可以憑藉著矯捷的身手取悅龍君。

「對，你已經死了。」解媽媽面無表情，「如果你不聽話，我還能讓你再死一次。」

「再死一次？會死到哪兒去呢？」蔣阿端順口再問，卻換來解媽媽的白眼。

蔣阿端笑笑：「問問而已，我沒有真的想知道答案。」

「輕浮！」解媽媽不悅，叮嚀他：「你這樣的個性可別惹禍啊。」

「解媽媽妳放心。」蔣阿端又笑，「妳別以為我只會貪玩，該練習的時候，我可是很認真的，我絕對不會讓妳失望的。」

「誰讓你話這麼多！」解媽媽板起臉孔，看見蔣阿端擠眉弄眼，一副吊兒郎當的模樣，她斜瞪他一眼，轉過身說：「跟我走。」

「是！」蔣阿端精神抖擻的回答，挺直腰桿，邁開步伐。

解媽媽教過許多魂魄，但從來沒有遇到過像蔣阿端這樣的。他一來到龍宮就嘻嘻哈哈，不像其他的魂魄知道自己死掉，總是愁眉苦臉。雖然蔣阿端看起來漫不經心，可是每次學舞便心無旁鶩，一學就會。本來解媽媽還擔心他不能在短時間內練熟舞蹈，便多指導他幾句，想不到他很快就領悟貫通，超越了所有魂魄。

「沒想到你竟然一點也不輸給晚霞。」解媽媽忍不住稱讚。

「晚霞？」蔣阿端第一次聽到晚霞的名字，有些好奇。接著解媽媽告誡他，龍宮規矩嚴格，對男女之間更是管

得嚴謹，要他安分守己，不准亂來。之後，解媽媽再也沒有提到晚霞，蔣阿端也不敢多問，但是這個名字已經埋進了他的心裡。

蔣阿端是錢塘江的傳奇，而晚霞則是龍宮每個少年心中的憧憬。

他想見晚霞，只有一個機會，那就是在龍君的宴會上，那天，各部都將使盡渾身解數表演，少年矯健強悍、少女嫵媚多嬌，只有那天，他才有機會看到晚霞。

宴會當天，賓客絡繹不絕，華麗的衣飾與數不盡的美食穿梭走廊，美妙樂音飄揚，任誰都想像不到，在深不見天的海底，竟然這麼光華璀璨。

龍君的妻子珍珠娘娘坐在龍君旁邊，一身華貴白衣，清豔逼人。

蔣阿端沒有看過這麼盛大的場面，不禁眼睛發亮，心跳加速，這一切對他來說都是新鮮有趣、讓人興奮的。

首先出場的是夜叉部。夜叉部的表演者赤裸著上半身，臉上畫成駭人的鬼怪，拿著魚皮箭袋進入會場。他們敲著大鑼、擊著大鼓，聲響如雷，一出場就震懾人心。跳舞的時候，所有人腳下步伐整齊，隨著他們

的舞步，海水翻成洶湧巨濤，半空不時落下點點星光。

　　賓客正大呼驚奇，接著乳鶯部便上場表演。乳鶯部是由十五、六歲的美女組成，她們吹奏著音樂，一陣清風輕拂，方才被夜叉部激起的波濤瞬間凝住，海底又恢復成晶瑩透亮、瑰麗燦爛的水晶世界。

　　乳鶯部退下後，燕子部的少女緊接著出場。燕子部的多數女子看起來比乳鶯部的小了一、兩歲，外表俏甜討喜，但帶頭表演的女子，卻別有一番風情。

　　她的長相雖然秀麗，但在眾多美女的環繞下，其實稱不上是絕色，不過體態玲瓏有致，一舉手、一投足，都讓人無法將目光從她身上移開。她身穿紅衣，卻不俗媚妖豔，端凝不語的眉目，反而顯露出她清冷脫俗的氣質。

　　她太特別，特別到在這麼歡愉熱鬧的場合中，依然獨占一塊天地，自成一種姿態。

　　音樂一起，女子的眼神一個流轉，身體跟著樂聲開始擺動。如果不是親眼目睹，蔣阿端絕對不會相信竟然有人的舞姿能夠那麼美，女子彷彿是為了跳舞而生，每個動作恰到好處，輕盈優雅，吸引住所有人的目光。其他人跟著女子旋轉、翻身、拂袖、低頭，當女子輕快的騰空而起，衣襟、長袖散落出白色的花朵，

花朵緩緩飄下，香氣四溢，眾人看得目瞪口呆，而女子見到眾人迷醉的神情，臉上微微揚起笑容。

她笑了。眾人因為女子的一笑，嘴角竟不自覺的跟著上揚，只有珍珠娘娘例外。

珍珠娘娘不喜歡她。她覺得女子的舞蹈太過霸道，非要人目不轉睛不可，就連龍君也總是痴痴的望著她。

在簾幕後等待出場的蔣阿端愣愣的看著女子，他可以感覺到剛才自己的胸口有多麼激盪澎湃。

「她就是晚霞。」解媽媽在蔣阿端耳邊小聲的說，語氣充滿驕傲。

不會錯的！就算解媽媽不說，蔣阿端也知道她就是晚霞，因為只有這麼出眾的女子，才有資格成為龍宮的傳奇。

蔣阿端接在晚霞之後表演。這是他在龍宮第一次正式演出，雖然不是搏命雜技，但同樣不容出錯，他不能跳錯步伐、數錯節拍，更不能失了龍君的面子。

「去吧！」解媽媽輕輕拍著他的肩膀，「不要讓晚霞失望，我對她提過你的名字。」

當然，他不能讓晚霞失望，因為他只有這個機會讓晚霞注意到他！蔣阿端決定了，晚霞的舞姿奪走他的神魂，他也要用舞蹈讓她移不開目光。

在如雷的掌聲中，蔣阿端率領柳條部出場。柳條部有很多老手，但他是解媽媽欽點的第一把交椅。

夜叉部為他擊鼓，鼓聲掌控著現場所有人的心跳，他收起平常的嘻皮笑臉，全心投入解媽媽編的舞蹈——錢塘飛霆之舞。

一場舞，卻舞出錢塘的滔天巨浪與明媚風光。

蔣阿端赤裸著上半身，皮膚黝黑光亮，肌肉精壯結實，每一個動作都充滿年輕的活力。那是錢塘江澎湃的浪潮，也是青春蓬勃萌發的情潮。

全心全意跳著舞的蔣阿端曉得，他應該要取悅龍君和貴客，但是他的心不聽使喚，始終想著晚霞。他的眼神沒有離開過晚霞，他想讓晚霞看到自己最專注的目光。

樂音轉折，浪潮有高低起伏，音樂有快慢交替，他的舞步轉折，切中節拍。

沒有人看出——只有蔣阿端知道——他的每一步都是勾引，他要在這支舞中，向晚霞訴說他一生的喜怒哀樂。

晚霞努力維持淡然的表情，但是她的雙眸卻因為蔣阿端而有了變化——她的眼神發亮，離不開蔣阿端。

不需要誰跟她說明他的身分，她知道他一定是蔣

41

阿端。她與蔣阿端都是錢塘的窮苦人家，她曾聽說他每年的搏命演出，知道他命喪錢塘江底，也知道他被帶入龍宮。但她不知道，原來蔣阿端除了雜技，還可以舞得這樣精彩熱烈，讓她忍不住想靠近他一些。

蔣阿端笑了，一曲結束，又是一陣熱烈的喝采。

「太棒了。」龍君親自為他鼓掌，連珍珠娘娘也帶著微笑。

「解媽媽教得好。」龍君當場稱讚。

「那是阿端天資好。」解媽媽謙遜的說。

「蔣阿端的確很聰明。」龍君非常歡喜，「賜你一件五彩軍裝，以及一件金製的束髮頭飾。」

「再賞給他一顆夜明珠吧。」珍珠娘娘在龍君耳邊低聲建議。

龍君點點頭，宣布：「再賜一顆夜明珠。」

蔣阿端磕頭道謝，然後退到一旁，將宴會場地讓給接著上場表演的蛺蝶部。

蛺蝶部表演了什麼，對蔣阿端和晚霞都不重要，他們兩個表面上是在看表演，但眼神卻是注視著彼此，對周圍的一切視若無睹。

所有表演結束後，各部按照出場順序離開。柳條部緊接在燕子部後面，蔣阿端快步走在柳條部的最前

面，而<u>晚霞</u>則故意落在燕子部的最後面。

　　兩人雖然離得很近，卻無法交談，畢竟在<u>龍宮</u>裡，男女若是走得稍近，就是一種惹人側目、膽大妄為的行為。

　　<u>晚霞</u>不動聲色，悄悄解下一只珊瑚髮簪，回頭看了<u>蔣阿端</u>一眼。而<u>蔣阿端</u>看見<u>晚霞</u>情意無限的眼神，也忍不住回她一抹大膽又豪放的笑容。

　　<u>晚霞</u>輕巧的將髮簪丟在地上，<u>蔣阿端</u>連忙撿起，不讓其他人發現。

　　「動作快點。」後面有人催促。<u>蔣阿端</u>自然的藏好髮簪，帶領柳條部回到歸屬的院落。

　　<u>蔣阿端</u>自從見過<u>晚霞</u>之後，他的情緒從興奮逐漸褪成失落，又從失落轉為沮喪。

　　他非常想念<u>晚霞</u>，可是兩人不但無法見面，連<u>晚霞</u>的消息也打聽不到，思念折磨得<u>蔣阿端</u>輾轉難眠、食不下嚥，整天恍恍惚惚，日子一久，強壯的他竟然病得奄奄一息，幾乎無法下床。

解媽媽一天來探望蔣阿端好幾次，每次都帶了許多美食，他卻只能勉強吃上幾口。

　　「唉。」解媽媽忍不住嘆息，「吳江王的壽誕就要到了，本來還等著你去表演呢，誰知道你卻病成這樣！」

　　「解媽媽，」蔣阿端苦笑，「記不記得我曾經問過妳，魂魄死了會去哪兒？」

　　解媽媽聽見他這麼說，一陣心驚。「你提這個做什麼？」

　　蔣阿端悲哀一笑。「我還不想知道答案啊……」

　　「傻孩子。」解媽媽陷入沉思，嘆息一聲後，微微一笑，「你放心，我不會看著你死的。」

　　蔣阿端心口一熱，湧上滿滿的感動。

　　解媽媽溫柔的為他蓋上被子，說：「你專心休養吧。」她離開時沒有給予任何承諾，卻讓蔣阿端無比心安。

　　當天傍晚，一個小男孩來到蔣阿端的房間，把他搖醒。

　　見到蔣阿端睜開眼睛，小男孩笑嘻嘻的說：「我是蛺蝶部的人，你是為了晚霞姐姐生病的吧？」

　　蔣阿端一聽到晚霞的名字，忍不住跳了起來，忙

問：「你怎麼知道？」

小男孩笑著回答：「因為晚霞姐姐得了跟你一模一樣的病。」

蔣阿端又難過又開心，難過的是，晚霞居然生病了；開心的是，他們得的是同一種病，表示兩人終究心有靈犀。不過他轉念一想：「難道我們只能這樣被相思之苦折磨到死嗎？」想到這裡，他的難過之情更深，開心之情便淡了。

「我能和她見一面嗎？」蔣阿端問小男孩。

小男孩看了看他，問：「你能走嗎？」

聽見小男孩這麼說，蔣阿端知道有希望，整個人立刻充滿精神。「可以，當然可以！」

「那你跟我來。」

小男孩帶著蔣阿端走過一條密道，來到一處空地，撲鼻而來的清香，讓蔣阿端覺得精神爽朗，腦中的混沌也清楚了些。他放眼望去，原來眼前是一片荷花田，荷葉大如席子，荷花盛放。

「你先在這裡等著。」小男孩說完，就離開了。

蔣阿端坐立難安，他既擔心又煩惱：「與晚霞第一次相見的時候，我是

45

那麼的青春光彩，現在卻憔悴不已，我怎麼好意思和她見面？」

當蔣阿端還在胡思亂想，晚霞已經撥開花叢，緩緩走向他。一見到晚霞，蔣阿端高興得連話都說不出來，只是傻傻的笑著。

晚霞也生病了，為了增添好氣色，她特地在臉上塗抹一些胭脂，一襲白色的新衣裳，讓她清秀的如同水中盛開的蓮花。

「我的簪子呢？」晚霞是個外冷內熱的女子，笑起來有股討人喜歡的俏皮。

「在這裡。」蔣阿端拿出時時刻刻都放在懷裡的簪子。

晚霞伸手取走髮簪，也沒說話，只是盈盈嬌笑，然後轉過身子，好像要離開的樣子。

蔣阿端連忙上前攔住她，驚慌的問：「妳要走了嗎？」

看見蔣阿端心急的神情，晚霞心裡歡喜，卻故意說：「我拿回了簪子，當然可以走啦。」

蔣阿端捉住她的袖子，坦率而熱烈的告白：「那我的心呢？我那掉了的心，要跟誰拿？」

「輕浮。」晚霞輕哼一聲，臉卻不爭氣的紅了。

「那是多情。」蔣阿端暗紅著臉辯解。如果他再也不能見到她，他真的又要病了。

晚霞專注的看著蔣阿端，覺得他的臉瘦了些。他們的多情，在龍宮裡是不被允許的，他們只能在心底思念彼此。「我們……都是命苦的人。」她嘆息一聲，低聲吐露自己過去的遭遇。

她出身貧窮，父母早死，小小年紀就被惡人賣進妓院，因為她不願以美色侍奉人，便拚命的學習各種技藝，成為錢塘江最著名的歌舞藝人。直到有天，一個男子催她到船上表演，夜裡卻不放她走，還想要汙辱她。不甘受辱的她，寧死不屈，縱身往江裡一跳，就這樣來到龍宮。

蔣阿端看著晚霞故作堅強的模樣，心疼她曲折的命運與剛烈的性情。他並不是一時迷戀，從眼神交會的那一刻開始，就被對方深深吸引。

蔣阿端忽然緊緊抱住晚霞，低啞著嗓音說：「我們不要分開，好不好？」

蔣阿端溫暖的氣息，將晚霞牢牢包覆，想守護她的姿態讓晚霞再也掩飾不了自己的脆弱。

「我好怕。」晚霞的眼淚突然掉了下來，「我們這樣的人，縱然死了，命也不是自己的……你知道嗎？

我生病的時候，<u>龍君</u>曾經來看過我……」

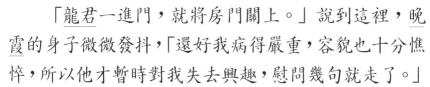

　　<u>晚霞</u>只是一名舞者，<u>龍君</u>卻親自前往探視，<u>蔣阿</u><u>端</u>立刻知道這件事並不尋常。

　　「<u>龍君</u>一進門，就將房門關上。」說到這裡，<u>晚</u><u>霞</u>的身子微微發抖，「還好我病得嚴重，容貌也十分憔悴，所以他才暫時對我失去興趣，慰問幾句就走了。」

　　<u>蔣阿端</u>清楚知道<u>龍君</u>對<u>晚霞</u>有著濃厚的占有欲，也明白<u>晚霞</u>擔心的事是什麼。<u>晚霞</u>擦掉眼淚，輕輕一嘆：「我們如果在一起，<u>龍君</u>不會放過我們的。」

　　<u>蔣阿端</u>認真的看著她，嚴肅的說：「可是，我們如果不在一起，我不會原諒我自己的。」

　　<u>晚霞</u>一愣，迎上<u>蔣阿端</u>無懼無畏的目光，心中滿是感動。

　　從此以後，<u>蔣阿端</u>和<u>晚霞</u>約定日日在黃昏時分相會。從這天起，<u>晚霞</u>再也不需要胭脂妝點容貌，卻一天比一天嬌美；而<u>蔣阿端</u>更是活力十足，一日比一日強悍精壯，笑容也止不住的掛在臉上。

　　這天，當<u>蔣阿端</u>正為了<u>吳江王</u>的壽誕加緊練習時，<u>解媽媽</u>臉色怪異的前來，說：「<u>珍珠娘娘</u>派人找你過去。」

蔣阿端皺緊眉頭，看著解媽媽，心想：「龍君剛出門拜訪朋友，珍珠娘娘找我做什麼？」

解媽媽低聲對他說：「別多想，別多問，別惹事，別逗留。」

蔣阿端點點頭表示了解，安靜的跟著珍珠娘娘的婢女走。婢女走得很快，專挑幽靜偏僻的路，兩人沒有任何交談。

一股不安的感覺漫上蔣阿端的腦子，他不禁心跳加快。

珍珠娘娘在別宮等他，蔣阿端一走進去，婢女便將大門關上，遠遠退出。

蔣阿端不敢多想，連忙上前跪拜。「參見娘娘。」

珍珠娘娘坐在椅子上，笑說：「起來吧。你不問我找你做什麼？」她的臉頰泛紅，似乎已經喝了些酒。

「娘娘的話就是命令，作下人的，沒有過問的資格。」蔣阿端牢記著解媽媽的吩咐。

「我只是想找人陪我喝酒。」珍珠娘娘輕笑，起身走向他。

蔣阿端雙眼直直盯著地板，鎮定回答：「是。」

珍珠娘娘掩嘴一笑，「你那天跳舞的時候，不是這個樣子的。你笑起來非常好看呢。」

蔣阿端緊張得汗如雨下，還來不及拭汗，珍珠娘娘已經舉起手，用袖子幫他擦汗，她親暱的動作讓蔣阿端更加不安。

盯著蔣阿端不知如何是好的臉龐，珍珠娘娘低聲笑問：「我美嗎？」

「美。」蔣阿端不敢遲疑，立刻回答。

珍珠娘娘以魅惑人的嗓音又問：「如果沒有人知道的話，你會想要親近我嗎？」

蔣阿端一顆心差點從喉嚨裡跳出來，他定了定神，回答：「娘娘美得讓人不敢靠近。」

「那……我有美到能讓男人對我一心一意嗎？」珍珠娘娘嘴角一勾，似乎不打算輕易放過蔣阿端。

「能得到娘娘的喜歡，是任何男人的福氣。」蔣阿端不知道她究竟想做什麼，只能謹慎回答。

「狡猾！」珍珠娘娘不悅的沉下臉，語氣轉冷：「你的晚霞，好像越來越美了？」她不甘心，地位低下的晚霞憑什麼能得到龍君的迷戀，還得到蔣阿端專心一意的痴戀？晚霞的確很美，現在被愛情滋養得更是動人，卻也讓她更恨晚霞。

蔣阿端一驚，雙膝一軟，再次跪下。「求娘娘饒了晚霞，一切都是我的錯。求娘娘饒了她啊……」

珍珠娘娘踢了踢蔣阿端，微微一笑：「那你想辦法討我開心吧。或許，她還有一條活路。」她故意不給蔣阿端承諾，要他只能乾著急──她絕對不會放過晚霞。

幾天後，眾人跟隨龍君前往吳江王府祝壽。宴會結束之後，各部皆返回龍宮，唯獨晚霞一人以教舞的名義被留在吳江王府。一個半月過去，蔣阿端卻再也沒有晚霞的音訊，解媽媽因為還要指點晚霞舞技，所以常常往來於吳江王府與龍宮，但是她的口風很緊，不論蔣阿端怎麼問、怎麼求，她就是不願透露晚霞的消息。

「或許沒消息就是好消息吧。」蔣阿端只好安慰自己。

這天，蔣阿端竟然聽到吳江王準備要選個良辰吉時，好納晚霞為妾的消息！蔣阿端急得都要發瘋了。

為什麼高高在上的吳江王要納一個舞女為妾？而且還是龍君喜歡、他心愛的晚霞？

蔣阿端仔細想了想，終於明白這是珍珠娘娘的計

謀！是珍珠娘娘為了除掉晚霞，故意將她送到吳江王府的。著急的他沒有辦法，只能再去懇求解媽媽。

「解媽媽，妳發發慈悲，讓我見晚霞一面。我求求妳……」

「阿端啊，我之前不是一而再，再而三的提醒你，你與晚霞又不熟，為什麼老是想要聯絡她？而且晚霞都要與吳江王成親了，你見她要做什麼呢？再說，龍宮容不下她，她待在吳江王府不也是件好事？那兒有享用不盡的榮華富貴等著她啊！」

蔣阿端喃喃的說：「不……不！晚霞想要的不是榮華富貴。」

「喔？你怎麼知道？」

龍宮裡嚴格禁止男女私情，所以蔣阿端一直不敢將他和晚霞之間的事告訴解媽媽。但事到如今，不容許他再隱瞞下去。

蔣阿端跪在地上，不停的磕頭。「請解媽媽原諒。我……我與晚霞已經有了感情，我不能沒有她！解媽媽，妳行行好，讓我見她一面吧！」

「呵呵，你終於肯對我說實話了。」解媽媽對愣住的蔣阿端眨了眨

眼。「你不用驚訝，你們的事情我怎麼可能不知道？要不是我暗中幫忙，成全你和晚霞，你們怎麼有機會見面？」

蔣阿端這時才恍然大悟：「原來⋯⋯原來是妳⋯⋯」

「對，就是我。你們在宴會上的初次見面，以及荷花田裡的會面，都是我的安排。」

「謝謝解媽媽，謝謝解媽媽！」蔣阿端感激不已，但想到晚霞，他的臉忍不住又垮了下來。「解媽媽，求妳再成全我們一次吧！」

「成全什麼呢？」解媽媽搖了搖頭。

「我知道晚霞的個性，如果逃不出來，她一定會選擇一死。她如果死了，我也不想獨活了。」蔣阿端深深的吸了一口氣，認真的說：「那麼，我就會知道魂魄死了之後會去到哪裡了。」

「你知道那是哪裡嗎？」解媽媽哼了一聲，「是魂飛魄散，沒有去處。」

「晚霞怎麼樣，我就怎麼樣。就算是魂飛魄散，我也不會貪生怕死的。」

「有你這句話，有你這份心，也不枉費我再幫你們一次了。」解媽媽一笑，朝著衣櫃說：「妳出來

聊齋誌異

吧！」

衣櫃的門緩緩開啟，從裡面走出來的正是晚霞！

晚霞在衣櫃中將蔣阿端的話一字不漏的聽了進去，深受感動，眼眶微微泛紅，一見到他，眼淚忍不住又要奪眶而出。

「晚霞！」

「阿端！」

許久不見的兩人緊緊相擁，也不管解媽媽還在一旁。

「晚霞，妳不是在吳江王府嗎？怎麼會在這裡？為什麼會躲在衣櫃中？」

晚霞擦乾眼淚，告訴蔣阿端解媽媽的安排：「解媽媽趁著教舞的機會，將我帶離吳江王府。沒想到才剛回來，就聽到你急匆匆的腳步聲，解媽媽便要我躲在衣櫃，聽聽你真正的想法，她剛剛那些話，都是故意要測試你的。」

「解媽媽，我……我真不知道要怎麼感謝妳才……」

解媽媽打斷蔣阿端的話：「好了好了，客氣話就不用說了，你們的危難還沒解除呢！如果吳江王府發現晚霞不見就來不及了。我可以幫你們逃回人間，不過

55

你們千萬要記得，你們仍然是鬼，是不能見到太陽的，否則就會魂飛魄散。」這意思是說，即使逃回人間，他們只能過著躲躲藏藏的日子。

蔣阿端和晚霞對看一眼，兩人很有默契的牽住對方的手。

晚霞說：「如果身不由己，到哪裡不都是陰暗的世界嗎？如果能擁有一塊屬於自己的天地，就算是再也無法站在陽光下，那又怎麼樣？」

「晚霞過什麼生活，我就過什麼生活。」蔣阿端笑了，「我現在是婦唱夫隨。」

「輕浮！」解媽媽罵了一聲，但她心底卻是替兩人感到歡喜的。

晚霞微笑看著蔣阿端。她想，跟著這樣的丈夫，去哪兒她都不怕。

「時間不多了，快跟我來吧。」解媽媽不浪費時間，立刻帶他們從祕密的通道逃離龍宮。

「解媽媽，我們會不會連累妳？」路上，晚霞和蔣阿端擔心的問。

「會有些麻煩，」解媽媽實話實說，「但是不會有事的，這件事情，我會做得瞞天過海，不會讓龍君懷疑到我這邊的。就算他們對我有些懷疑，也不敢對曾

經是仙女的我做出太過分的事的。」

　　一行人來到龍宮外圍的一個地方，水流仍然如同山壁一般在四周屹立，底下有棵很高的大樹。

　　解媽媽說：「你們兩個身手都好，爬上樹應該不會有困難。等爬到最高的樹梢後往下跳，就可以漂浮在水面上，隨著水流，你們就能回到人間。動作快，別說什麼感激或感傷的話，被發現就糟糕了。」

　　「嗯。」兩人立即攀爬上樹，解媽媽的目光一路追隨著他們。

　　蔣阿端快爬到頂端的時候，突然停下來，對解媽媽揮手：「解媽媽，我還沒見妳笑呢。笑一下好嗎？妳

笑起來一定很美的。」

解媽媽又好氣又好笑的揚起一抹笑。

距離太遠，晚霞和蔣阿端其實什麼都看不到，可是他們能感覺到解媽媽那份帶著笑意的祝福。

「輕浮。」

「是多情。」

兩人相視一笑。這是他們定情的話，往後蔣阿端將繼續這樣逗著她，真摯相守。他們從大樹頂端往下看，水流湍急，但他們毫不懼怕，因為他們都是「死」過一次的人，再「活」一次，還是要回到滾滾紅塵，同甘共苦，共生共死。

促　織*

　　我想說個故事給你聽。不過我只是個九歲的小孩，懂的事情不多，怕我說的故事不精彩。所以你先聽我說第一句，再考慮要不要繼續聽。

　　我本來是個九歲的小孩，現在是一隻蟋蟀。蟋蟀？是的，引起你一點興趣了嗎？那我把故事說給你聽。

　　聽說皇帝老爺很愛逗蟋蟀，我老家陝西那裡的縣太爺，有一次得到一隻好蟋蟀，就趕緊進獻給皇帝老爺。這下糟糕了，因為那隻蟋蟀有些本領，讓皇帝老爺十分開心，皇帝老爺就叫縣太爺多給他一些蟋蟀。

　　糟糕在哪兒？唉，蟋蟀原本就不是我老家的特產，哪裡有那麼多蟋蟀可以獻給皇帝老爺呢？

　　不過，這不重要。縣太爺是個聰明人，他捉不到，就交給差役去想辦法。差役跟著縣太爺辦事，所以大

---

*促織：蟋蟀的別稱。

多都是些聰明人，趁著這個機會，他們叫每一戶百姓交些錢，他們就可以去買蟋蟀。

不過，我爹卻不是這樣聰明的差役。爹叫做<u>成名</u>，是個很好的人，人也老實。家裡雖然沒有很多錢，但他很認真念書，希望有一天能金榜題名，出人頭地。可是爹運氣不好，也被派去捉蟋蟀。不過爹和其他人不一樣，他不忍心搜括別人的錢財，只得拿出我們家僅剩的土地和財產，可是，這麼一點錢買不了幾隻蟋蟀，所以爹為了這件事非常憂愁。

娘勸他，不如自己去找，說不定運氣好，可以找到一隻好蟋蟀。

爹覺得很有道理，於是每天早出晚歸，提上竹筒、銅絲籠，在斷橋旁、亂草堆邊，掀石頭、挖土洞……他什麼地方都去了，也什麼事都做了，但還是找不到好蟋蟀。

爹交不出蟋蟀，縣太爺就狠狠的打他。

對不起，你等一下，我擦個眼淚。每次說到這兒，我都覺得好難過。

爹被打得兩條腿血肉模糊，連走路都有困難，根本

沒有力氣去捉蟋蟀。有一天，我偷聽到爹對娘說，他想去死。娘聽到爹這麼說，也很難過，說要幫爹想辦法。

那時村裡來了一個駝背的巫師，說他能替人占卜，解決問題。娘把家裡最後的一點錢給了巫師，終於拿到一張圖，圖中有個佛寺，後面有一座小山，山下散布著奇怪的石頭，荊棘長得到處都是。一隻「青麻頭」蟋蟀就這麼趴著，蟋蟀旁邊還有隻像是要跳起來的癩蛤蟆呢。

爹反覆研究那張圖，看出一些線索。他說那間佛寺好像是村東的<u>大佛閣</u>，便顧不得他的傷還沒好，拄了枴杖就去抓蟋蟀。聽爹說，那時他就像是要在草堆中找出一根繡花針一樣的全神貫注。可是他找了好久，卻一隻蟋蟀都沒看到。

說來奇怪，就在爹準備要放棄的時候，不知道從哪裡跑來一隻癩蛤蟆，經過他面前後鑽入了草叢。爹嚇一大跳，趕快追在癩蛤蟆後面，他一撥開草叢，果然就在荊棘下面發現一隻青麻頭蟋蟀。爹將蟋蟀趕到一個石洞裡，用雜草向洞裡輕撥，但是沒有用，他

便再把竹筒裡的水灌進去，才終於把蟋蟀逼出石洞。

這一段捉蟋蟀的過程，爹跟我說了好多次，每一次他都是那樣興高采烈啊！

那隻蟋蟀真是太漂亮了！健壯的身子，長長的尾巴，脖子是漂亮的天空色，翅膀是燦爛的太陽色，牠多麼俊美、多麼威風啊！

我們全家高興的慶賀，爹還說，就算是價值連城的玉璧也比不上牠。爹把牠放進籠子裡養著，還去找螃蟹肉、栗子仁給牠吃，對牠愛護得不得了，準備等繳交蟋蟀的時間一到，把牠送給縣太爺交差。

對不起，你再等一下，我得再打斷一下故事。因為那天發生了可怕的事情，我現在想起來，都還會發抖……還會……還會發抖的……

那天，爹不在，我想再看一眼那隻蟋蟀，所以就自己掀開蟋蟀籠的蓋子。

可是，我沒有想到那隻蟋蟀竟然就這樣跳了出來，那一瞬間，我的心好像也要跳出來了。牠跳得好快，我捉不到牠，我好緊張，好害怕。等我好不容易捉到蟋蟀，卻不小心傷到了牠，牠掙扎一會兒後就死了。

促織

我哭著去找娘，娘臉色慘白，大聲罵我，說爹回來一定會打死我的。

我好怕爹生氣，所以跑了出去，想要再捉隻蟋蟀給爹，可是我捉了一天，什麼也捉不到。我不知道該怎麼辦，我想，蟋蟀沒了，縣太爺會打死爹，而爹會先打死我。

哭得糊裡糊塗的我，就去跳井了！

我知道我很笨，但你別罵我啊。我說過，我只是個九歲的小孩，什麼也不懂啊！

爹和娘找我找了好久，才終於從井裡撈出我的屍體。爹沒有生氣，他頭叩著地，口中喊著天，哭得好傷心，他說沒了我，他也要死了啊！

想到這裡，我也好難過。

爹、娘就這樣一直對看著彼此，眼淚掉個不停，不說話也不吃飯。

其實，我好捨不得爹、娘，我也好想回到我的身體哪。正當我的魂魄快要回到身體的時候，我突然看到牆腳有一隻小蟋蟀，不知道為什麼，我想也沒想就往小蟋蟀衝過去。

　　然後奇怪的事情發生了，小蟋蟀的魂魄被擠到我的身體裡，而我則變成了小蟋蟀。因為在我的身體裡是小蟋蟀的魂魄，所以「我」雖然活了過來，卻從此不會說話，只能呆呆的躺在床上。而真正的我就這樣成了一隻個頭小小、顏色暗紅的蟋蟀了。

　　可能是爹太傷心，也可能是我太小隻了，爹竟然沒有注意到我。

　　我跑到庭院轉了一圈，想試看看能不能適應這蟋蟀的身子，沒想到身子很輕，動作也十分敏捷，我立刻放下心中的大石頭——爹不用怕找不到蟋蟀了。

　　隔天一早，我在門外叫著，聲音響亮，爹聽到我的聲音，立刻衝出門來找我。

　　看到爹憔悴的樣子，我知道，他一夜沒睡啊。

　　爹看到我是隻小蟋蟀，失望的皺了皺眉頭，又看向別的地方。

　　我不放棄，跳到爹的衣袖上，爹又看了看我。其實，我長得也不錯呢，梅花形狀的翅膀，方頭長腿，看起來也有些威風呀。

　　爹終於捉住我，把我養在籠子裡。他想把我交給縣太爺，可是對我又有些不放心，想找隻蟋蟀跟我鬥看看。剛好附近有個年輕人養了隻蟋蟀，取名叫「蟹

殼青」，蟹殼青很凶猛，所以年輕人便到處找人鬥蟋蟀。爹決定讓我去和蟹殼青比試比試。

年輕人驕傲得很，還沒開始比賽，看到我就摀著嘴偷笑。蟹殼青也瞧不起我，一臉驕傲。

爹紅著臉，把我擺進鬥盆裡。我打量著蟹殼青，猜想牠的能耐。年輕人以為我呆頭呆腦，便大聲笑了起來，毫不客氣的撥弄我的鬍鬚，蟹殼青見年輕人這麼戲弄我，也笑得前俯後仰，立刻露出好大的破綻。

我一個縱身，張開尾巴、伸直鬍鬚，一口咬住蟹殼青的脖子。看到我這麼厲害，年輕人才知道害怕，大聲尖叫，緊張的想把我們分開。

我放開那隻嚇傻的蟹殼青，拱起身子，對著爹得意的鳴叫。爹的臉上終於有了笑容，他沒想到我這麼有本事。

突然，有隻雞從後院跑過來，看見我就要啄，爹嚇得忍不住大叫。還好那隻笨雞沒有啄準，我趕緊一跳，跳了一尺多遠。

誰知道那隻笨雞追著我不放，還把我踩在腳下。爹不知道該怎麼救我，慌得臉色慘白。

不過，那隻雞真的很笨，牠真以為我讓牠踩住了嗎？我是故意引牠這樣作的。趁牠低頭找我的時候，

我跳到牠的雞冠上，死命咬著牠，這下子輪到牠亂揮著翅膀，傻呼呼的跳腳了。

爹既驚訝又開心，把我當寶貝一樣的養在籠子裡。

這樣說，其實也很奇怪。因為我本來就是爹的寶貝啊，爹對我最好了……

第二天，爹把我送給縣太爺。縣太爺看到我的個頭這麼小，狠狠的罵了爹一頓，不論爹怎麼說，縣太爺都不相信我的本事。好不容易，縣太爺被爹煩得受不了，終於決定讓我和別的蟋蟀鬥——接下來就是我大顯神威的時候了。不管對方是什麼品種的蟋蟀，體型是大是小，都一一被我打跑。縣太爺嚇了一跳，再拿雞和我比鬥，看我是不是像爹說的那麼厲害。不用說，我當然又占了上風，縣太爺笑得合不攏嘴，賞了爹好多東西。

縣老爺把我送給省裡的大官，省裡的大官很喜歡我，把我養在金籠子裡，獻給皇帝老爺，還仔細的一條一條說明我的本領。

皇帝老爺用盡所有的蟋蟀和我鬥，我從沒輸過。

不管我被咬得多慘，我都不能輸——我不能讓爹丟臉，或者是因為我鬥輸而受到責罰啊。

有一次，我聽到有人彈琴，覺得很開心，就跟著

音樂跳起舞，皇帝老爺竟然因為我會跳舞而開心得不得了。我想，一定是因為國家有太多事需要他煩惱，所以這麼一點小事也值得他開心。從此之後，為了逗他開心，我只要聽到音樂就會開始跳舞，希望他的煩惱可以少一點。

我才九歲，人世間很多道理，我都不明白，但是我知道，皇帝老爺一定是個大好人，因為他一高興，就會賞賜很多好東西給省裡的大官；省裡的大官一高興，就對縣太爺很好；只要縣太爺一高興，爹就有好日子過了。

爹因為我被皇帝老爺喜愛而當了官，又因為養蟋蟀出了名，獲得大官的喜愛。過了幾年，家裡就買了很大一片的田地，蓋了不少漂亮的房子，養了好幾千頭牛羊。爹出門的時候，聲勢比很多大官還要氣派豪華呢。

這些事，我都只是聽說的。

有時候我很想爹、很想娘，我會叫上兩聲「吱、吱」。只是現在，我是一隻蟋蟀，喊不出爹，也喊不出娘……偶爾，我也會想跟他們說，我很好……很好……

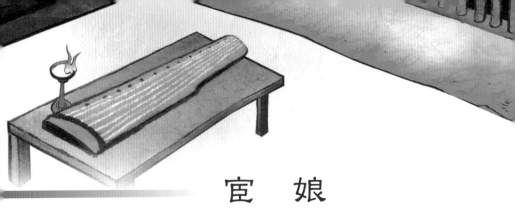

宦 娘

　　陝西有位俊秀青年，名叫溫如春，他從小喜愛彈琴，不論走到哪裡，總是隨身帶著一把琴。好幾年前，他到山西作客，經過一間古老的寺廟，寺廟裡剛好有一位道人正在彈琴，他的琴藝高妙，竟吸引無數的鳥兒聽他彈琴。溫如春非常驚訝，懇求道人指點他的琴藝。道人見溫如春態度誠懇，便教他彈那首吸引鳥兒的曲子。經過這次奇遇，溫如春更加專心研習琴藝，不久後，便以琴藝超群聞名。

　　這天，溫如春外出拜訪朋友，到了晚上卻開始下起大雨。他保護好手中的琴，四處張望，想找個地方躲雨。可是附近沒有旅店，黑暗中，只有不遠處的一間茅屋透著亮光，溫如春急急忙忙的衝上前，連門都來不及敲就闖了進去，邊喊著：「對不起，我來借個地方……」

　　茅屋廳堂中，一位十七、八歲的美麗女子正在彈琴，因為溫如春的闖入而愣了愣，琴音中斷。

女子秀麗絕倫，一雙黑白分明的眼睛又大又亮，溫如春一看見她，緊張得心跳都快停了，話也說不出來。

「你是來借個地方……？」女子問。

「我來借個地方躲雨的。」溫如春這才回過神，笑著說出他的目的。

女子禮貌性的點點頭，朝屋內呼喚：「姑媽，有人來借地方躲雨。」

屋內沒有回應，女子也沒再喊，只是靜靜的看著溫如春，那雙大眼充滿好奇。

溫如春朝她一笑：「妳也會彈琴嗎？」他注意到，這屋子空空蕩蕩，沒什麼擺設，可是潔淨整齊，乾爽舒適，一把琴橫放在桌上，風情雅致；女子則是一身素樸，沒什麼裝扮，但她氣質脫俗，清新淡雅，像是不惹塵埃的仙女一般。

女子的臉微微泛紅：「只是玩玩，說不上會彈琴。」她發現溫如春雖然衣服溼了一大半，鞋子也沾滿泥濘，可是裝著琴的袋子卻還算乾淨。

「他應該是個愛琴的人吧！」女子猜想。

溫如春不知道女子已經把自己打量好幾遍，笑說：「我彈一首曲子給妳聽，好嗎？」

「好。」女子倒不忸怩作態，喜出望外，接著又俏皮一笑，說：「如果不好聽，我把你趕出去淋雨。」

溫如春哈哈大笑。「這女子真特別，靈敏聰慧，卻又調皮討喜。」他對女子的喜歡更多了些，又貪看女子兩眼，才拿出琴來。

琴身的紋理佳妙，精緻得讓人一眼就能知道是把好琴。溫如春隨意撥了一下，琴聲清脆悠揚，女子顯然精通音樂，只這麼一聲，就讓她豎起耳朵，眼神也變得專注。

溫如春端正身體，低頭開始撥彈。琴聲優美，舒展如柔和的微風，明爽似潺潺的流水，曲調轉低，彷彿訴說著綿綿的情意。女子是個懂音韻的人，聽出溫如春暗藏琴聲的多情，她粉嫩的雙頰，逐漸紅透。

偶然抬頭，溫如春看到女子又羞又喜的神態，惹得他又憐又愛，他便不再低頭，專注的看著女子，他想藉著琴音，傾訴一見鍾情的愛慕。

「是誰在彈琴？」一位老婦人從屋內走了出來。

老婦人的出現打斷琴聲，女子忽然回過神，漲紅著臉，對老婦人說：「姑媽，這位公子是來躲雨的。」

女子對溫如春行了個禮，便慌張的轉身進入內室。溫如春不捨的看著她的背影，過了好一會兒才收回視

線，向老婦人介紹自己：「您好，我叫溫如春，冒昧打擾，還請見諒。」

一聽到他是溫如春，老婦人原本有些冷漠的臉上立刻堆滿笑容：「溫公子琴藝超群，遠近馳名，今日能來到這兒，真是令我們太高興了。溫公子如果不嫌棄這房子簡陋，儘管留下來歇息。」

溫如春見老婦人態度和善，便壯起膽子，問：「姑媽如何稱呼？」

「我姓趙。」

「那位姑娘如何稱呼？」

「她叫宦娘。」

「許配給人了嗎？」

「還沒有。」老婦人搖頭

溫如春大喜，急忙問：「那不知道什麼樣的人才配得上姑娘？」

老婦人突然沉下臉，不悅的說：「溫公子與我們素昧平生，會不會問得太多了？」

這句話讓溫如春一陣尷尬，不過他並不因此打退堂鼓。

「千里姻緣一線牽，若是有緣，也就不是素昧平生了。俗話說：『窈窕淑女，君子好逑。』現在沒有媒

人，我當面求親，確實顯得輕率，還請您見諒。但我溫如春家世清白，絕對不是什麼不正經的人，姑媽儘管放心。我對姑娘的確是一見鍾情，希望您能成全。」

沉思了一會兒，老婦人嘆口氣，臉色稍微和緩後才說：「我懂一些看相之術，公子與我姪女並沒有姻緣。我是因為喜愛你的琴聲，才不避諱的留你在這兒，所以公子請不要再說這樣的話，讓我為難。」

見老婦人的態度堅決，溫如春只好打消迎娶女子的念頭，他雖然失望，但仍不忘禮節，拱手說：「既然我與姑娘沒有緣分，我也不敢強求。剛才我如果有冒昧失禮的地方，請老人家見諒。」求親被拒，他也不好意思再喊老婦人一聲「姑媽」了。

老婦人點點頭，臉上又帶起笑意。「我幫你暖一壺茶，你儘管把這裡當自己家。」

溫如春不明白老婦人的態度為什麼忽冷忽熱，只是廳堂中剩下自己一人，他無事可做，便又開始撥弄琴絃，打發時間。

老婦人進入內室，看見宦娘正專注的聆聽溫如春的琴聲，便說：「傳說他的琴藝經過仙人指點，現在一聽，果然沒錯。」

宜娘說：「難怪仙人會選上他。姑媽，妳聽那琴聲，他是個多情人啊。」

「唉，他若不是多情人，怎麼會說要娶妳。」老婦人說這話的語氣，帶有幾分可惜。

宜娘張大眼睛，愣了一下，驚喜在眼中一閃而過，如同火花瞬間熄滅。

瞧見宜娘的表情，老婦人又嘆：「不過當然是被我拒絕了。」

宜娘刻意擺出笑臉，「他這個笨蛋，連我是人是鬼都搞不清楚，還敢來提親呢！」

「妳別對他動心，要不然受苦的會是妳。」老婦人心裡不禁感到惋惜，如果宜娘還活著，溫如春和她是才子佳人，豈不是美事一樁？

宜娘呆呆的低著頭，過了一會兒，才幽怨的看著老婦人：「姑媽，愛情，是不是生時由不得人，死後由不得鬼啊？」

大雨不停，溫如春的琴音繚繞在空氣中，困住宜娘的心了！

等到雨停之後，溫如春向老婦人告辭離開。宜娘看著溫如春的背影，握緊拳頭，丟下一句：「姑媽，您多保重了。」

聊齋誌異

來不及阻止宦娘隱身追上溫如春的行動，老婦人搖頭嘆息：「唉，宦娘，苦的是妳啊……」

宦娘跟著溫如春，本來只是想聽他彈琴的，從沒想到會撞見他另一場動心。

那天，溫如春受邀去一位退休高官葛公的家裡彈琴，葛公的女兒良工躲在門簾後偷聽，忽然一陣強風吹開了門簾，來不及閃避的良工就這麼與溫如春四目相對。良工的美貌讓溫如春驚豔，他再一次陷入了情網，站在一旁的宦娘看著這一切，彷彿見到了自己與溫如春初次見面的場景。

溫如春回家後，立刻稟告雙親，託人向葛公說媒。

良工不僅美麗絕倫，還擅長填詞作曲，溫如春則以琴藝聞名，兩人可以說是非常匹配的一對，但是葛公嫌棄溫家家境衰落，認為門不當戶不對，竟不願意答應這門親事。

良工與宦娘一樣，自從聽過溫如春的琴聲後，便仰慕他的才情，盼望能常常聽到他美妙的彈奏；不過溫如春雖然多情，卻有種「大丈夫何必擔心無妻」的瀟灑，被葛公回絕親事後，他有些心情低落，然而一段時間後，便又沉溺在琴聲中，不再想起良工了。

宦娘

宦娘心想：「我是個沒有福氣的人，為什麼不成全他們兩個呢？」她依舊隱了身，躲藏在良工身邊，有心促成這一段姻緣。

宦娘在一張信箋上寫下一闋惜餘春，詞中說的是相思剪不斷、理還亂，讓人夜不成眠，度日如年。

信箋被放在良工每天都會經過的花園小徑上，等良工好奇的拾起一讀，不禁羞紅臉，卻又忍不住再三誦讀。這闋詞宦娘寫盡了相思的萌生與滋長，正好符合良工心情，因此她對這闋詞愛不釋手，一回到房間，便取出錦箋，一筆一畫、端端正正的重新謄寫一遍。

宦娘心裡暗喜，趁著良工轉身的空檔，連忙藏起錦箋。良工發現錦箋不見，以為掉到地上，但無論她怎麼找都找不到，她猜測錦箋可能被風吹走了，也就不以為意。宦娘輕巧的走出良工房間，遠遠看到葛公朝這邊走來，便把錦箋丟在葛公必經的路上。

葛公發現地上的錦箋，撿了起來，卻發現錦箋上竟然寫著一首情意濃烈、相思如火的詞，而且字跡還是良工的！葛公厭惡這闋詞的放蕩，他把錦箋捏在手裡，生氣的敲著良工的房門。

良工一開門，就看到葛公怒氣沖沖的表情，笑著問：「爹，什麼事惹您不開心呢？」她的個性既溫婉又

柔順，笑起來的時候，更顯得甜美純淨。

「沒事。」看到良工的笑容，葛公哪裡還氣得起來？他嘆口氣，落寞的轉身離開。

「爹。」良工連忙追上葛公，「有什麼心事可以和我說啊。」

葛公苦笑。「這女兒從小貼心，不過我從沒細想過她女孩子的想法。良工正是青春年華，萌生情意也是人之常情。我看罵她也沒用，不如……」

「讓她嫁了吧！」宦娘在葛公耳邊低語著，「讓她嫁了吧！」

「是該幫妳找個丈夫的時候了。」葛公揚起笑容。

良工的臉不禁熱了起來，俏臉羞答答的泛紅，嬌羞轉身。「爹怎麼和女兒開玩笑呢……」她想起溫如春曾經上門提親的事，臉上盡是藏不住的喜悅。

葛公嚴肅的說：「自古以來，男大當婚，女大當嫁。只要是父母之命、媒妁之言，都是天地間最正經的事情；要是私訂終身，那就是天地間最大的笑話。」一想到這兒，葛公就覺得非得把錦箋燒毀，要不然家醜外揚就不得了了。

「哎呀！」宦娘吐舌，看來葛公不會這麼簡單就將良工嫁給溫如春啊。

過了幾天，縣城裡一個高官劉公派媒人為兒子求親，劉公子也穿著一身華美的衣服拜訪葛公。葛公本來就十分重視身家背景，又看到劉公子優雅俊美的儀態容貌，心裡非常高興。

宦娘知道葛公的心意，但她既然決定要促成溫如春與良工，當然不可能讓這門親事成功，便偷偷放了一隻精巧的女鞋在劉公子的座位下。

等到劉公子離開後，葛公眼角餘光瞄到那隻女鞋，以為劉公子個性風流，心裡非常厭惡他，便要媒人把女鞋還給劉公子。任憑劉公子再三辯解，葛公就是不聽，硬生生回絕了這樁親事。

「劉公子，不好意思，良工姑娘喜歡的不是你，所以不要怨我呀！」宦娘調皮一笑，「接下來，就是要讓那個固執的葛公同意溫如春和良工的婚事，不過該怎麼進行呢⋯⋯嗯，就這麼辦。」

原來葛公家中養了幾株綠色品種的菊花，十分珍惜，只有將一盆綠菊養在良工的房間裡，從不外傳。宦娘偷偷將溫如春家院子裡的一株菊花變成綠色，不

聊齋誌異

知道原因的溫如春將這株綠菊當作珍寶，一傳十，十傳百，漸漸的，街坊鄰居都知道他養有一株綠菊的事。

一天早上，溫如春去觀賞綠菊時，在花旁撿到一張信箋，上面正是宦娘所寫的惜餘春。他不知道信箋是哪裡來的，但因為「春」字暗合自己的名字，於是就把信箋帶回書房，放在桌上，寫下評語。

正巧，葛公聽說溫如春家中也有綠菊，前來拜訪溫家。

「溫公子最近還好嗎？」葛公進了書房，簡單向溫如春問候。

溫如春急忙放下筆，笑說：「託您的福，都還過得去。」

「溫公子興致真高，不知道在寫些什麼？」葛公好奇的瞄了一下信箋，認出正是令他厭惡的那闋詞。

溫如春趕緊遮住信箋。「隨便寫寫，不值得一讀。」他有些尷尬的笑，將信箋揉成一團。

葛公僵硬的扯動嘴角，轉了話題：「聽說你家的菊

花是難得一見的珍品，所以我特地前來欣賞。」

溫如春只想要葛公快點離開書房，連忙笑說：「葛公如果有興趣，請跟我來。」

葛公跟著溫如春，宦娘則尾隨在後。「沒錯，跟葛公你家的菊花是一樣的。」宦娘讀出葛公心中的疑惑，露出一抹狡黠的笑。

葛公發現那株綠菊真的跟家裡一樣，不禁氣得面色鐵青，匆匆向溫如春告別——他以為綠菊的種子和那闋詞，都是良工送給溫如春的。

葛公回家後，逼問良工，但良工堅持自己的清白，為了這件事還哭得死去活來。查不到證據，葛公無可奈何，為了避免鬧得不可收拾，即使心中萬分不願意，他也只好同意將良工嫁給溫如春。

溫如春和良工成親後，談起往事，才知道是惜餘春牽起了兩人的姻緣，但他們都不知道這闋詞究竟是誰寫的，又是從何而來。

一天晚上，宦娘獨自坐在書房彈琴。一個下人聽到書房傳來琴聲，便好奇的偷看，沒想到書房空無一人，隔天他連忙稟告溫如春。

晚上，溫如春也在書房門口聽到琴聲。那琴音生

澀，可是彈的竟是他以前彈過的曲子，就像是在學他似的。溫如春笑著推開門，書房裡果然空無一人，琴聲也忽然停了。

溫如春坐了下來，說：「彈得實在不好。」

宦娘愣了一下，才曉得他說的是她的琴藝，紅著臉，嘟起嘴嘟囔：「夜深了，你不去陪良工，跑來這裡管我彈得好不好做什麼？」當然，溫如春看不到隱身的她，也聽不到她說的話。

「不過……」溫如春笑了笑，「我看你這隻小狐仙倒是有些聰明。」

宦娘嬌俏的哼了一聲：「笨蛋，我前世是人，今生是鬼，從沒當過妖媚的狐仙。不過你稱讚我聰明，我就不跟你計較了。」雖然溫如春無法跟她對話，她還是感到開心。

聊齋誌異

「想學琴的話，我可以教你。」溫如春對著空氣繼續說話。他愛琴成痴，只要喜愛琴音，不論是人、是鬼、是狐、是怪，對他而言，都是知己朋友。他彈了一小段剛才宦娘所彈的曲子，並講解該注意的地方，然後把琴絃調整好，說：「你彈看看。」

溫如春坐在旁邊，帶笑的表情像是非常期待接下來會發生的事情。

宦娘忍不住又紅了臉——溫如春太過靠近彈琴的位子了。雖然如此，宦娘還是飄到他的身邊，坐下撥弄起琴絃。她有些緊張，怕不小心彈錯會被他嘲笑。

一聽到琴音，溫如春張大了眼睛，興奮之情掩藏不住。

宦娘斜看了他一眼，笑說：「對，真的有鬼。」她拉回思緒，繼續彈琴。

「很好。」他面露喜色，不自覺的靠她更近。

他們兩個就這樣緊坐在一起，溫如春完全不知，宦娘卻因為這樣彈錯了一拍。

「錯了！」他笑。

是呀，錯了。她苦笑——她不該又為他再次動心。

那夜之後，溫如春每天都會來指導宦娘彈琴；那夜之後，宦娘除了書房，再也不願去別的地方。她留戀與溫如春獨處的時光，過了六、七夜，她已經可以彈奏出完整且值得一聽的曲子了。

良工聽溫如春說起琴會自己彈奏的事，也好奇的去偷聽。等溫如春回房後，她告訴溫如春：「這不是狐仙彈的，這琴音的音調帶有一絲悲悽，我懷疑那是一個女鬼。」

溫如春不相信，良工便說：「爹有一面古鏡，可以照出鬼怪的模樣，你要不要試試？」溫如春的確對彈琴者的樣貌感到好奇，因此派人向葛公借古鏡。

隔夜，溫如春沒有進入書房，宦娘以為他只是遲到，不以為意，照樣彈她的琴。

埋伏在外的溫如春和良工一聽到琴聲，就立刻闖進書房，拿鏡、點燈，宦娘來不及躲避，加上古鏡讓她無法隱身，倉皇的嚇白了一張臉。

溫如春大吃一驚：「妳不是宦娘姑娘嗎？」

良工好奇的問：「你們認識？」

「請把鏡子拿開。」宦娘站了起來，「我自己說明，免得破壞你們夫妻感情。」

溫如春尷尬的收起鏡子，他和良工的臉微微的紅了。

宦娘有些氣惱他們這麼捉弄她，可是轉念一想，溫如春並不知道彈琴的是她，再說……人鬼殊途，本來就不應該有所牽掛。

宦娘說：「我生前是一個太守的女兒，已經死了一百年了。我從小就喜歡彈箏和琴，箏已經彈得很好，只是琴藝沒能得到名師教導，所以有些生硬。那天我去拜訪姑媽，偶然遇到溫公子到姑媽家避雨，又幸運

的聽到公子彈琴，便心生仰慕之意。」

　　說到這裡，宦娘看了看溫如春，她故意不提溫如春曾提親的事，以免良工心中產生疙瘩，她的用心，溫如春能夠感受到嗎？

　　看著宦娘，溫如春想起了那個下雨天，目光閃過一抹惆悵，卻沒有依戀。但僅是這樣，宦娘已經心滿意足。

　　宦娘繼續說：「我暗自促成你們的婚事，劉公子座椅下的女鞋，那闋粗俗的惜餘春，都是我做的。希望你們了解我的用心，不要以為我有什麼惡意。」

　　良工臉上紅潮未退。從惜餘春的詞意看來，她可以猜想得到宦娘對溫如春的感情，她感謝宦娘的幫助，也敬佩她成人之美的器量；而溫如春細想著宦娘所寫的字字句句，心頭百轉千折，既憐惜又尊敬。

　　他們對宦娘都是無比的感謝，便一起向她行禮道謝。宦娘笑了笑，她既然已經現身，三人的緣分也就到此為止。

　　宦娘對溫如春說：「謝謝你的教導。不過我想要再多領略些琴的美好，請你再為我彈奏一曲，好嗎？」她讓出位子。

　　宦娘心想，她與溫如春的緣分，既然從琴聲開始，

聊齋誌異

也該在琴聲中結束。現在，她只把溫如春當成老師，除此之外，她不再有其他想法。人鬼殊途，兩人之間能有一場師生緣分，她已經很滿足了。

溫如春沒有拒絕，傾盡心力為宦娘彈奏。他的琴技是仙人所傳授，琴音蘊含著超脫凡塵的神仙之氣。宦娘閉目凝聽，沉浸在優美的樂聲中。

等溫如春彈奏完畢，宦娘張開眼眸，雙眼微微溼潤，「我明白了。」她說不出來是什麼感覺，但總認為她能輕快的與他們道別了。

宦娘正準備要離開，良工卻喊住她：「等等。宦娘姑娘，我也喜歡彈箏，剛才聽妳說妳也擅長彈箏，所以我有個請求，能不能請妳也彈奏一曲呢？」

宦娘想了想，笑笑的點頭。「如果你們不嫌棄，我就獻醜了。」

宦娘專心彈奏，音韻高妙，不是世間的人能彈得出來的，而且樂音也不再充滿悲切的鬼聲。

溫如春和良工都忍不住驚奇讚嘆。宦娘笑說：「你們喜歡的話，我可以寫下曲譜。」寫完後，宦娘再次起身告別。

「妳不能留下嗎？」良工主動詢問。

溫如春也跟著挽留，「是啊，我們若能一起撫琴、

彈箏，不是很好嗎？」

「人鬼殊途，要是我們吵架，你們就把古鏡拿出來，我不就沒地方逃了？你們兩個人，我一個鬼，肯定被你們欺負的。」宦娘明白兩人的善良，故意說笑。

溫如春和良工紅著臉，連聲說：「不會的。」

「人鬼殊途」，宦娘心中很清楚這一點，這是她的宿命，所以她不恨不怨。能夠得到溫如春和良工的相知相惜，她已經沒有遺憾。

宦娘輕輕笑著，從懷中拿出一個卷軸交給兩人，說：「這是我的畫像。如果你們要感謝我這個媒人，就把畫像掛在這書房。心情好的時候，上一炷香，對著它彈奏一首曲子，我就會感受到了。」說完，她對兩人緩緩一拜，轉身消失。

溫如春與良工望著彼此，眼神中有些留戀，有些惆悵，也有些明白。兩人笑了笑，牽起對方的手。

從這天之後，宦娘再也沒有現身在他們面前，但是書房中始終香煙繚繞，琴音不絕。

席方平

　　東安縣有個人叫做席廉，個性剛直憨厚，在鄉里中，若看到不對的事情就一定會拔刀相助，因此得罪了很多人。尤其是同村的羊某，常仗著自己家大業大，在鄉里胡作非為，經常被席廉指正，羊某對席廉可以說是恨之入骨。羊某死後幾年，席廉忽然生了重病，他的兒子席方平請大夫診治，自己則在一旁服侍。忽然席廉雙眼瞪直，莫名的大叫一聲：「啊！」

　　「爹？」席方平連忙端上湯藥。

　　「沒有用的，我的死期到了！」席廉揮開湯藥，眼淚撲簌簌的直流：「那個姓羊的在陰間向差役行賄，現在他們不但要捉我下去陰間，還要毒打我！」

　　「哪裡會有這種事情，爹你別多想了。」

　　「啊！」席廉身上突然冒出了一條條像被惡打的痕跡。

　　席方平親眼見到這麼離奇的事，連忙擋在席廉床前，可是席廉還是不停慘叫。「可惡！難道真有惡

鬼？」

　　大夫從來沒見過這種事情，嚇得臉色慘白，躲在遠遠的角落。

　　看到席廉這麼痛苦，席方平心如刀割，忍不住大聲喝斥：「你們這群惡鬼，如果再欺負我爹，我絕對饒不了你們！」

　　二十歲的席方平身材魁梧精壯，一發怒，雙眼炯炯發亮，有著驚人氣勢。惡鬼像是被席方平震懾住，不再下手，席廉的叫聲也停了。屋內突然一片死寂，反而透露著一股詭異。沒想到過了一會兒，席廉又開始哀嚎，而且這次還爆出連聲慘叫。惡鬼像是故意示威，狠狠的痛毆毒打，席廉一口氣喘不過來，「砰」的一聲，直挺挺的往後倒下。

　　席方平親眼看到席廉慘死，難忍悲憤，痛哭失聲：「爹……爹！」

　　嚇傻的大夫好不容易回過神，喃喃自語：「俗話說『有錢能使鬼推磨』，難道真是如此？好好的一個人，怎麼會遇上這種事情？」

　　席方平憤怒的抬起頭來，咬牙怒罵：「可惡！我絕對不會放過他們的！我不相信，這世間沒有天理，陰間沒有王法！」他那雙氣得發紅的眼睛，萬分駭人。

「別妄想了，人要怎麼與鬼鬥呢？」

「人不能和鬼鬥？對方是惡鬼，那我就變成厲鬼！我要到陰間替爹申冤。」

「這……」第一次遇到這種事情，大夫一時不知道該說什麼，不禁又嘆了一口氣，「你多多保重，你爹的後事還得靠你呢。」

「我爹死得冤枉，他怎麼能夠入土為安？」

大夫看席方平意志堅定，怎麼勸也勸不動，只得搖搖頭離開。

從這天起，席方平不再吃飯、喝水，也不說話，如同痴呆一樣，過了幾天，他的靈魂竟然真的出竅了。

席方平恍恍惚惚的走出家門，發現天色昏暗，四下無人，空氣陰溼寒冷，風吹刺骨。迷迷茫茫中，他好像看到很遠的地方聳立著一座城池，便朝著那方向走去，在城門口附近才逐漸有人。這些人看來與一般人長得差不多，可是臉色都很蒼白，身體也比較透明。席方平抬頭，看見城門匾額上寫著「陰曹地府」四個大字，才發現自己已經到了陰間。

席方平進了城，打聽之下，發

現席廉被關進監獄，前去探望後，才知道鬼卒接受羊某賄賂，日夜拷打席廉，席廉被打得動彈不得。席廉一見到席方平，忍不住老淚縱橫。席方平憤怒不已，立刻向城隍上訴。

沒想到城隍也收了羊某的錢，於是判決席方平證據不足，不願為他申冤。席方平非常不服，在昏暗的天色下趕了一百多里路，來到郡城控告鬼卒與城隍。

只是天不從人願，郡司不僅拖了大半個月才審理席方平的案子，還說他胡說八道，將他拷打一頓，再發還給城隍審理。城隍這次對席方平施盡酷刑，因為怕他再往上告狀，還派鬼卒押送他回家。

席方平心想：「不行，我不甘心！爹還在牢裡受苦，我怎麼可以就這樣回去人間？哼，城隍不幫我，郡司也不幫我，那我就去找閻王！」於是趁鬼卒不注意時，席方平暗自逃走，向閻王控告郡司和城隍殘暴無禮、貪贓枉法，閻王立刻下令要鬼卒去押郡司和城隍到閻羅殿對質。

聽到這道命令，席方平終於覺得有些滿意，於是找了間旅店，一面休息，一面等著閻王的消息。奇怪的是，幾天過去了，閻王都沒有傳喚席方平前去作證。

這天，席方平睡到一半，忽然被門外的敲門聲吵

醒。

「席公子，席公子！」

「嗯⋯⋯這麼晚了，怎麼還會有人來？」席方平
打了個呵欠，雖然腦袋還昏沉沉的，直覺倒是很敏銳。
「該不會跟爹的案子有關？」

「外面的是誰啊？」席方平問。

「席公子，我是老闆啊。有位貴客來拜訪您。」

「貴客？我在這裡又沒有認識什麼鬼，哪裡會有
什麼貴客來拜訪我？」席方平坐起身，心裡感到納悶，
但還是說：「請進吧！」

從門外走進一個席方平不認識的鬼，他的衣著並
不特別華麗，手裡提著一個看起來沉甸甸的包袱。從
旅店老闆對他畢恭畢敬的態度看來──這鬼的來歷一
定很大。

他滿臉笑容的自我介紹：「我叫賈益，突然來打
擾，還請席公子見諒。」

席方平站了起來，問：「不知道賈先生來拜訪，有
什麼事嗎？」

「我是受郡司與城隍的託付來的。」賈益從包袱
中拿出一盒東西，放在桌上，「這是地府名產，人間吃
不到的，席公子可以嚐嚐。」

聊齋誌異

一聽到郡司和城隍，<u>席方平</u>就想起之前受到的酷刑。他不客氣的說：「請問是黃泉水還是孟婆湯？是刀鋸還是鋼刷？<u>賈</u>先生不用客氣，究竟為了什麼事來，就直說吧！」

<u>賈益</u>尷尬的笑了笑：「<u>席</u>公子真是爽快，您父親的事情，郡司已經查清楚，其中確實有些誤會，所以他決定特別幫您父親平反冤屈。對於<u>席</u>公子，郡司和<u>城隍</u>除了敬佩，也對您感到抱歉，所以特地要我送一千兩銀子給您。既然是誤會一場，也請<u>席</u>公子大人大量，撤回您的控告，安心回到人間。」他打開包袱，裡面裝的全都是白花花的銀子！

<u>席方平</u>臉色一沉：「<u>賈</u>先生請回去吧，我絕對不會

撤回的。」

「為什麼？席公子難道不相信郡司？還是我們有什麼失禮的地方？」賈益以為席方平嫌棄一千兩銀子太少。

「我要的不是錢，而是正義能夠伸張。」

「可是郡司已經答應幫您父親申冤了呀。」

「那為什麼我之前申冤的時候，郡司不這麼做，反而打了我一頓呢？為什麼要等到我告到閻王那邊之後，才想用錢封住我的嘴巴？我再不客氣的問一句：請問郡司的錢又是從哪裡來的？」

賈益臉上一陣熱辣，席方平緊接著又說：「我既然已經知道這件事情，這個案子就不能撤，因為我說的句句都是實話，都是應該要告的事。」他瞄了眼桌上的地府名產及銀子，冷冷回絕：「用貪汙買來的東西，我絕不收。」

席方平的話說得斬釘截鐵，絲毫不留情面，賈益也只得把話挑明：「人間有句話說『人情留一線，日後好見面』，又說『強龍不壓地頭蛇』。席公子這麼固執，對自己不見得有好處，請您再多想想。」

說完後，收好桌上的東西，賈益頭也不回的離開。席方平不理他，又躺回床上，打算再睡一會兒。過了

不久，門外又響起敲門聲。

「誰啊？」

「是我。」出聲的是旅店老闆。

「老闆有什麼事嗎？」席方平起身開門，對上老闆憂心忡忡的臉。

「席公子，有句話呢，說了怕您覺得不中聽，不說呢，我心裡又替您擔心。我個性急，話憋不住，您可別跟我計較。」

「陰間的事情我不懂，有什麼事情還請您多多教我。」

「這個……我是想，官府既然已經來求和，您應該可以考慮看看吧。」

「這件事情沒有妥協的餘地！」席方平收起笑容，剛毅的臉龐看起來嚴肅萬分。

老闆連忙說：「您別誤會，剛剛那位賈先生，確實是要我勸勸您，不過我可沒收半點好處。我是敬重您為人孝義，為您著想，才多嘴說這些話。您本來就是為了您父親才會來到陰間，郡司既然已經答應幫他申冤，這不就夠了嗎？」

「但是城隍和郡司貪贓枉法的事情並沒有解決啊！」

「唉，我們見怪不怪了，沒有誰能夠改變這件事的。」

席方平堅定的說：「閻王已經開始審理我的案子，只要他主持公道，一定可以改變這件事。」

「要是到時候閻王跟他們一同作惡呢？」

「不會的，閻王如果跟他們一樣，他們就不會急著來找我求和了。」席方平自信的笑著。

「那是現在。公子，我這話不是嚇唬您，也不是恐嚇您。陰間的事情我見多了，您如果不能見好就收，萬一最後真的發生不幸的事，您的下場會是一無所有啊。」

「我願意賭！」席方平十分固執，「我賭贏了，便可以改掉陰間裡貪贓枉法的惡風氣。」

「要是您賭輸了呢？」

「那就跟著我爹，把命留在這裡。」

「有必要這麼賭氣嗎？」老闆搖搖頭，覺得席方平太衝動。

「我不知道要怎麼說您才能明白，這不是賭氣，而是我的原則。」

「好！」旅店老闆兩手一攤，「算我多話、多事，您的事情我不明白，也不管了，您自己多多珍重。」

看著老闆離去的背影，席方平有些過意不去。他知道老闆是好意，也不願意為了這樣的事情和老闆發生口角，不過他並沒有把這件事放在心上太久，他認為只要事情獲得圓滿的解決，這一時的不愉快，就可以輕鬆化解了。

幾天之後，閻王終於派鬼卒領席方平進入閻羅殿。沒想到閻王一升堂，不但一句話都不讓席方平說，還命令鬼卒對他一陣毒打。

「我有什麼罪？」席方平大聲質問，但閻王沒有回答，唯一的回應是鬼卒們一板一板狠狠的拍打聲。他忍著痛，嘴角嘲弄的勾起。他現在才明白，旅店老闆的話竟然一字不差──陰間比人間更加腐敗。

席方平放聲高喊：「挨打是應該的！誰叫我沒有送錢！」

閻王惱羞成怒，卻怕落人口實，便說：「大膽，你誣告郡司和城隍，意圖擾亂陰間律法，還不認錯。來人啊，火床伺候。」

兩名鬼卒揪住席方平走向東邊，那裡放著一張燒

得通紅的鐵床，惡火熊熊的在床底下燃燒，一靠近就能感覺到空氣的灼熱，皮膚像是要被融化了一樣。

鬼卒扒下席方平的衣服，把他抬上火床，還如同煎肉一般，反覆翻動他的身體。席方平被燒得骨肉焦黑，痛不欲生。

折騰了好一陣子，鬼卒才把他扶起來，催他下床穿衣。

席方平走路時一瘸一跛，每一步都讓他痛到覺得骨頭快要裂開一樣。

閻王冷冷的說：「以後不准再來誣告，你回去吧。」

「我的話句句屬實，並沒有誣告。只要冤屈還在，只要我的魂魄不散，我就不會死心。我一定會再告的！」席方平挺起脊梁，雖然他的皮膚焦黑、聲音沙啞，但一字一句無比清晰。

閻王又驚訝又憤怒，他還是第一次看到像席方平這樣頑強的鬼魂。「我看你是『不見棺材不掉淚』。來人啊，鋼鋸解體！」

鬼卒再度把席方平拉走。這次他看到的是一截豎立的木樁，高八、九尺，底下平放著兩塊木板。木板上一灘灘的血漬，四周充滿腥臭的味道，光是站在木

椿前，就足以讓人腳底發冷，彷彿能聽到受刑人們聲嘶力竭的叫喊。

年紀比較大的鬼卒吩咐年輕的鬼卒：「等一下行刑時，你下手可得俐落些，這樣能減輕他一點痛苦。」

「您怎麼吩咐，我怎麼做。」

「跟著我做就沒錯。」年長的鬼卒搬起兩塊木板，把席方平夾在中間，然後綁在木椿上，再以鋼鋸緊緊壓著他的頭頂。用力一壓，鋼鋸就朝著席方平的腦門直直劈下。

席方平能清楚感覺到頭顱是如何被劈開的，千刀萬剮，原來就是這種滋味。他拚命忍耐，一聲不吭，怕只要一喊出聲音，閻王便會更加得意。

年輕的鬼卒忍不住讚嘆：「這真是一位剛強的好漢。」

鋸聲隆隆，眼看鋼鋸就要鋸到席方平的胸口。

年長的鬼卒說：「這人是個難得一見的大孝子，又沒犯什麼罪，我們讓鋼鋸稍微偏一點，不要損害他的心臟。」

原本直直切下的鋼鋸，在兩名鬼卒特意控制下，曲曲折折的轉向，避開了席方平的心臟。沒多久，席方平的身體被分為兩半，當鬼卒解開木板，他裂開的

身子也就倒向兩邊。

「把他身子合起來見我。」閻王十分滿意的向鬼卒下令。

年輕的鬼卒將席方平分成兩半的身體合在一起，要押他去見閻王，但是席方平才走了半步，就疼痛的摔倒在地。

年長的鬼卒拿出一條絲帶，低聲說：「這個送你，當作你很孝順的禮物。」

說也神奇，席方平一將絲帶綁在腰間，立刻渾身是勁，疼痛瞬間消失。

年輕的鬼卒好奇的問：「您怎麼會有這個好東西？」

「只要花錢，有什麼東西買不到呢？」年長的鬼卒十分得意。

聽到這句話，席方平內心更為沉痛。人間和陰間都一樣，正是因為錢能買到的東西實在太多，所以才有這麼多人為了錢無惡不作。然而這讓他追求天理公道的心志更加堅定。

席方平再次踏上閻羅殿，趴伏在地上叩見閻王。

閻王又問：「席方平，你還要再告嗎？」

「我……我不告了。」席方平決定不再逞強、賭氣，讓自己受到不必要的折磨。

閻王露出滿意的笑容：「你既然已經醒悟，就馬上返回人間吧。來人啊，帶席方平回去人間。」

兩名鬼卒立即帶走席方平，並引著他一路向北。年長的鬼卒好心叮嚀：「往北走就可以出鬼門關，你別認錯路了。」

「謝謝您的幫忙。」

「不客氣。這世間就是這樣，總是有些事情不能讓人滿意。人啊，就一口氣，別想著能鬥贏天地間所有事情，你又何必為難自己，讓自己白白受苦呢？不經一事，不長一智，這件事情，就不要再多想了。」

席方平笑了笑，沒有回話，年長的鬼卒以為席方平明白自己的苦心，也沒再多說，就拉著年輕的鬼卒離開了。

看著兩個鬼卒消失的方向，席方平心想：「如果陰間真的沒有公理，那我就再往上告。我就不相信所有地方都沒有律法！聽說二郎神聰明正直，立下不少功

勞，又是天帝的親戚，一定特別靈驗。」於是他轉過身，選定南方就拚命奔跑。

才跑了幾步，他突然發現背後有兩道影子以飛快的速度在追趕他，一轉眼，兩道影子已經來到他的面前——竟是兩個鬼卒。

「閻王懷疑你可能不會回家，果然沒錯。」這次來的不是剛剛那兩個好心的鬼卒，他們不等席方平回答，扯著他回到了閻羅殿。

席方平以為閻王必定會勃然大怒，不知道又準備了什麼酷刑懲罰他，沒想到閻王卻露出笑容，和善的說：「委屈你了，我查清楚了，你父親果然是無辜的。如今他的冤屈已經平反，讓他轉世到富貴人家去了。你的孝心感人，所以我不但要送你還陽，還要賜你千金產業，保佑你長命百歲。這樣你滿意了嗎？」

閻王一邊說著，還一邊把這些諾言記錄下來，蓋上官方大印，讓席方平看過。

事情的發展出乎意料，席方平來不及細想為什麼閻王的態度會忽然轉了一百八十度，立刻高興的向閻王謝恩。閻王再次派遣剛才那兩名押解席方平回殿的鬼卒送他離開。這次，他特別交代鬼卒，一定要把席方平這難纏的傢伙，遠遠送離陰間。

兩名鬼卒一路上都不和席方平交談，只是不斷加快腳步。而席方平心情大好，也不跟他們計較，只是跟在他們身後。

大約走了半天，鬼卒忽然在一戶人家的門口停下，硬是拉著席方平在門口坐著休息。席方平正準備坐向門檻，鬼卒趁他沒有防備，狠狠的把他推進門內。

席方平大吃一驚，一陣暈眩襲來，等到他頭腦清醒，才發現自己變成了一名嬰兒──他上了閻王的當了！

無法說話的席方平氣得大哭，拒絕吃奶，竟然出生三天就死了。他的靈魂飄離嬰兒的軀體，茫然的四處飄泊，腦海中只想著要向二郎神告狀的念頭。

不知道飄了多久，席方平見到遠方有一隊車馬，車身裝飾華美，旗幟飄飄，儀隊莊嚴盛大，光彩四射，與陰間幽暗的感覺完全不同。

席方平心想坐在車裡的一定是天神高官，於是冒險攔車喊冤：「冤枉啊！這世間已經沒有天理，請您為我作主啊！」

「大膽，竟然敢驚擾九王爺殿下，該當何罪？」前方的護衛大喝一聲，森冷的大刀抵住席方平的脖子。

「我寧願魂飛魄散，也不要進入地獄受審。」席

聊齋誌異

方平高聲喊叫。

車內坐的是天帝的兒子九王爺。他覺得席方平的話很奇怪，忍不住問：「你是誰？為什麼這麼說？難道你有什麼冤屈嗎？」

席方平精神大振，他一股腦兒的向九王爺傾訴在陰間所遭遇的痛苦與冤屈，九王爺只是靜靜聽著。等席方平說完後，四周陷入一片死寂。

「不會吧！難道連天界也沒有天理了？」見九王爺遲遲沒有反應，席方平不禁開始胡亂猜測。過了一會兒，九王爺終於開口：「來人，他是個孝子，讓他隨我們一起走。」

席方平鬆了口氣，露出笑容。他跟九王爺的車隊來到一個地方，兩旁有許多官員等著迎接、拜見九王爺。九王爺從車上走了下來，席方平才知道他是一個魁梧英俊的青年。

九王爺一一問候前來迎接的眾人，並吩咐其中一名身材高大、滿臉鬍鬚的官員：「二郎神，他是個凡人，想要告陰間官員貪汙腐敗，你去調查一下。」

「原來他就是二郎神啊。」席方平看著二郎神的威儀，心中安穩不少。

二郎神回答：「我早就聽說陰間的事，目前也在調

查，既然有了人證，我必定儘快裁決。」

「那就麻煩你了，一定要勿枉勿縱，彰顯天理公道，才不會讓這世間是非不分，百姓求助無門。」九王爺仔細交代。

「是。」

九王爺離開後，席方平跟著二郎神走進一座官署。

二郎神迅速召來席廉，並傳喚羊某、受賄鬼卒、城隍、郡司以及閻王等人。先前耀武揚威的眾人，這時身穿囚衣，個個既慌張又狼狽，完全沒有過去的威風神態。二郎神要席廉和席方平與他們對質，事實證明果真冤枉席廉，而席方平身上遭受酷刑所留下的痕跡更是鐵證，眾人趴伏在地，渾身顫抖，知道無法抵賴，只好一一承認。

稍稍思考過後，二郎神快速做出判決：「閻王辜負天帝的恩惠，就用長江的水洗你骯髒的腸肚，再放入火甕中，以燒熱的鐵床燒烤；城隍、郡司貪贓枉法，應該剔去骨髓，脫去毛髮，投胎成為野獸；鬼卒們狐假虎威、助紂為虐，剁去你們的四肢；而羊某為富不仁，竟然敢賄賂陰間官員，使得閻羅殿上冤屈難申，判決沒收你的家產，作為獎賞席方平的行為。」

無視眾人的求饒與哀嚎，二郎神對席廉說：「因為

你的兒子孝義正直，而你為人善良，所以再賜你三十六年壽命。」

席廉不禁喜極而泣，緊握著席方平的手，一起跪下感謝二郎神的判決，然後跟著二郎神的手下返回人間。

回到人間後，席方平先恢復了心跳和呼吸，接著便守在席廉身邊。這時席廉的身體依然僵硬冰冷，過了一天一夜，體溫才逐漸恢復，活了過來。

從此之後，席家越來越富裕，而羊家卻是日漸窮困，甚至變賣了所有的田地、家產。聽說要是買了羊家的田地，半夜就會夢到二郎神斥責：「這地是席家的，你怎麼能占為己有？」

剛開始有人不相信，照樣在田裡施肥耕作，但是不管他們工作得再怎麼勤奮，田地仍然寸草不生，一整年都沒有收穫，最後只得把地賣給席家。

善惡各有報應，一切都依二郎神的判決，一一應驗。

嬌　娜

　　孔雪笠是孔子的後代，為人寬厚，勤勉好學，特別擅長詩文。他有一個好朋友在浙江天台縣當縣令，因為知道孔雪笠家道中落，特地寫信邀請他擔任幕僚。誰知道，當孔雪笠好不容易湊足旅費，千里迢迢的到了天台縣時，才發現好友已經因病過世。他沒有錢可以回家，只好寄住在寺廟，藉著替和尚抄寫經文，勉強賺錢過活。

　　這天，風雪滿天，惡寒襲人，孔雪笠一個人走在街上，他的手雖然藏在袖子中，仍然擋不住風雪刺骨的冰冷，瑟縮著身子，不停地打著冷顫。他經過一棟廢棄已久的大宅院，忽然腳步不穩，跌坐在雪地裡，霎時更感到天地的蒼茫無際，與人世的盛衰無常。

　　忽然「咿呀」一聲，廢棄宅院的門竟然打開了。孔雪笠愣了一愣，正在納悶，就看見一個神采奕奕、清雅俊秀的青年走了出來。青年爽朗一笑，神態瀟灑，如同天上仙人一般。

青年笑著拱手向<u>孔雪笠</u>行禮：「大雪天，留客天。如果你不嫌棄，不如到屋內喝一杯熱茶，驅驅寒意。」

<u>孔雪笠</u>愣了一下，回神後才聽清楚青年的邀請。雖然他和青年毫不相識，但青年的態度這麼自在爽快，自己要是拒絕，反而顯得做作了。再說，<u>孔雪笠</u>心裡實在喜歡青年斯文中帶點清逸瀟脫的氣質，於是就笑著回禮，說：「恭敬不如從命，那我就打擾了。」

青年大喜，十分欣賞<u>孔雪笠</u>的乾脆，笑說：「請隨我來。」

<u>孔雪笠</u>跟著青年走進屋內，他見屋子外觀衰敗荒廢的樣子，以為屋內應該也是破舊髒亂，想不到他才跨過門檻，就看到四處懸掛著錦繡華麗的帳幕，牆壁上也擺飾著許多古人的書畫。

走進大廳，<u>孔雪笠</u>一眼就瞧見桌上放著一本<u>瑯嬛瑣記</u>。傳說仙人藏書的洞穴就叫做「瑯嬛福地」，因此他好奇的問：「這本書好像很有趣，可以借我看看嗎？」

「這樣的書只是平凡低劣的作品，只怕會讓你恥笑了。」雖然這樣說，青年仍把書遞給<u>孔雪笠</u>。

<u>孔雪笠</u>笑著道謝接過書，迫不及待的翻閱，發現
內容都是他沒有見過的神話傳說，不禁看得入迷。

青年笑問：「還沒請教尊姓大名？」

「我叫孔雪笠。」

「原來是聖人孔子的後代，難怪這麼斯文。」

青年又仔細問他的經歷，孔雪笠也都據實回答。青年憐惜孔雪笠懷才不遇，流落異鄉，便說：「孔公子如果不嫌棄我才能低劣，我想要拜你為師。」

孔雪笠看著青年文雅的氣質，謙虛的說：「我實在承擔不起。不如，你當作交我這麼一個朋友吧。」他見青年點頭答應，喜出望外，便問：「請問要怎麼稱呼你？這裡為什麼一整年大門都鎖著呢？」

「我叫做皇甫煜，陝西人。其實這裡是我朋友單公子的家，單公子全家搬到鄉下居住，所以房子空了好一段時間。因為我家裡發生火災，所以才暫時借住在這兒。」

孔雪笠這時才知道皇甫煜也是個外地人，只是陝西到浙江的距離不只千里，又聽不出皇甫煜與單家之間有什麼交情，不禁覺得有些古怪。不過他並不在意這件事，反而笑說：「你從陝西來，而我是山東人，我們卻在浙江相逢，這不正是古人說的『有緣千里來相會』嗎？」

皇甫煜喜歡孔雪笠潦倒而不窮酸，溫文卻又豪爽的氣度，便笑說：「陝西是歷代建立都城的處所，山東則是人文薈萃的地方，難怪我們一見如故。」

　　孔雪笠也高興的說：「黃河貫穿陝西、山東，不知道我們共飲了多少黃河水？」

　　「說得好。」皇甫煜笑得開懷。

　　當晚，孔雪笠留下過夜，兩人又說又笑，親如兄弟。

　　隔天，皇甫煜的父親親自拜訪孔雪笠，感謝他願意教導皇甫煜，對他禮遇有加。於是孔雪笠每天前去與皇甫煜一同讀書，討論文章。皇甫煜拿自己寫的文章給孔雪笠評論，都是些文辭樸拙的古文、詩詞，並沒有按照科舉考試要求的八股文體例來撰寫。

　　孔雪笠好奇的詢問原因，皇甫煜只是淡淡一笑，說：「我對追求功名沒有興趣。」

　　「不為功名而讀書、寫文章，這才是追求學問的根本道理啊。」孔雪笠對皇甫煜既羨慕又敬佩。

　　皇甫煜聰明過人、過目不忘，與孔雪笠共讀兩、三個月後，文章已經比從前更精鍊佳妙，而兩人交情濃厚，皇甫煜便邀請孔雪笠長住，孔雪笠也答應了，

辭去了寺廟抄寫經文的工作。

　　一次，兩人正在歡笑飲酒，皇甫煜為了增添飲酒的雅趣，特地暗中傳喚父親的婢女香奴，要她彈琴助興。香奴相貌豔麗，舉止大方，而彈琴的音調哀傷剛烈，與孔雪笠以往聽過的旋律不同，讓他萬分讚賞。從此之後，他們便時常招呼香奴一同暢快飲酒，時日一久，孔雪笠對香奴產生了些微情愫，每當香奴彈琴時，他總是目不轉睛的看著香奴。

　　皇甫煜明白孔雪笠的心意，說：「你離開故鄉這麼久，我早就想幫你找個好對象了。」

　　孔雪笠紅著臉說：「如果你願意幫忙，我希望能迎娶像香奴這樣的佳人。」

　　「你太少見多怪了。如果香奴就算是你心中的佳人的話，那你的願望也太容易達到了。」皇甫煜神態輕鬆的笑說。

　　因為皇甫煜這句話，孔雪笠便不再記掛香奴。

　　孔雪笠在皇甫煜家住了大半年，這段期間都沒有踏出大門半步。一天，他想出門逛逛，卻發現大門從外面被鎖了起來。

　　他好奇的問皇甫煜，皇甫煜笑說：「爹認為與人交

際應酬浪費時間，只會擾亂我們清幽的生活，所以一向不歡迎客人來訪。」

「這樣遠離人群的生活還真是清靜。要不是這樣，怎麼能培養出你一身清雅瀟灑的氣質呢？」孔雪笠對皇甫煜的話深信不疑，也不再提起想出門的事。

這個時候正是炎熱夏天，天氣又溼又熱。一天，孔雪笠的胸口忽然冒了一個腫塊，而且才過一個晚上，腫塊就長得像碗一樣大了，痛得孔雪笠無法忍受，不斷的呻吟。皇甫煜一直細心的照顧，可是孔雪笠的病情不但沒有好轉，反而更加惡化，又過了幾天，孔雪笠竟然連飯都吃不下了。

皇甫煜焦急的對他父親說：「我想來想去，孔公子的病情，只有嬌娜妹妹能醫治。前幾天我已經派人去外祖母那邊要她回家，不知道為什麼還沒看到人？」

孔雪笠感激他們的情誼，便勉強撐起身子，虛弱的說：「生死有命，你們不必替我擔心。你們對我的恩情，今生我要是無法報答，來世也不會忘記的。」

「你別說這種話，只要嬌娜

妹妹趕來，一定不會有事的。」

皇甫煜話剛說完，下人就前來稟報：「嬌娜小姐回來了，還有她的姨媽跟阿松姑娘也來了。」皇甫父子趕緊去迎接，過了一會兒，皇甫煜就帶著嬌娜來看孔雪笠的病情。

嬌娜長得清麗脫俗，眼波流轉之間，顯露出過人的聰慧，纖纖柳腰搖曳生姿，舉手投足充滿著一股靈氣。

孔雪笠原本以為香奴已經是天下少有的美人，但和嬌娜一比，他竟覺得香奴也只是個平凡女子。

皇甫煜對嬌娜說：「孔公子是我的好老師，也是我的朋友。我與他親如兄弟，妳可得好好幫他治療。」

雖然嬌娜看起來冷淡，不過她並不是個孤僻傲慢、難以親近的人。聽了皇甫煜的話，她笑著說：「如果不是知道孔公子是貴客，我怎麼會千里迢迢的趕回來呢？大哥不用擔心。」

嬌娜無意間的一笑，如同冬天偶然見到的和煦陽光，溫暖柔媚，讓孔雪笠忘了疼痛，精神立刻清爽不少。

嬌娜輕巧的走到孔雪笠旁邊，開始診斷他的病情。
孔雪笠發覺她的手指粉嫩柔軟，好像沒有骨頭似的，

而她身上清雅芳甜的香氣，比任何花朵都醉人，讓他情不自禁的沉溺在這股香氣中，心蕩神迷。

　　專注的為<u>孔雪笠</u>把脈後，<u>嬌娜</u>笑說：「心臟的脈動有些亂，怪不得會生這種病。症狀看起來雖然嚴重，但是沒有生命危險，你們可以放心。不過這個腫塊非得動刀才能取下。」說著，她脫下手上的金鐲子，把金鐲子套在腫塊上，慢慢壓下。腫塊被推擠、壓束在金鐲子中，凸了起來，高出鐲子一寸多，這時<u>嬌娜</u>拿出一把薄如蟬翼的佩刀，一手扣著金鐲子，一手握好佩刀，緊靠腫塊根部輕輕切割，暗紫色的瘡血隨著傷口流出，惡臭難聞。

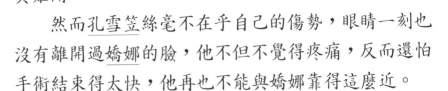

　　然而<u>孔雪笠</u>絲毫不在乎自己的傷勢，眼睛一刻也沒有離開過<u>嬌娜</u>的臉，他不但不覺得疼痛，反而還怕手術結束得太快，他再也不能與<u>嬌娜</u>靠得這麼近。

　　過了一會兒，<u>嬌娜</u>將腫塊處理完畢，抬頭看了<u>孔雪笠</u>一眼，正好與他四目相對。<u>孔雪笠</u>不好意思的紅了臉，卻依然痴傻的看著她。

嬌娜沒有理會孔雪笠，只是命令下人端水來，幫他洗淨傷口，然後從口中吐出一顆紅色丸子，放在他的皮膚上，按著它在傷口周圍旋轉。才轉一圈，孔雪笠就覺得有一股熱氣，像火一樣燒著他；再一圈，就只是酥酥癢癢的；三圈之後，他感到渾身清涼，無比舒暢。嬌娜收起紅色丸子，吞入口中，淡淡說聲：「好了。」然後就轉身離開房間。

孔雪笠趕緊跳下床，追上前說：「多謝姑娘。」

「小事，別放在心上。」嬌娜連回頭都沒有，翩翩而去。

孔雪笠呆呆看著嬌娜的背影，惆悵的嘆了一口氣。

皇甫煜看到孔雪笠發愣的樣子，立刻明白是怎麼一回事。他對孔雪笠說：「我曾經提過，要幫你找一個對象，我有另外一個親戚要介紹給你。」

聽到「另外一個」，孔雪笠就知道皇甫煜說的親戚不是嬌娜。他搖頭苦笑，低聲嘆了一句：「不用了。誰都比不上她啊……」

「爹十分仰慕你的才情，也常說想和你結成親家。可惜我只有一個妹妹，偏偏她又不同於一般女子……」

「不同於一般女子？」關於嬌娜的事，孔雪笠都想知道。

「嗯，她喜好的是神仙之道，想追求脫離塵俗苦痛的仙術。」

「你們不阻止她嗎？好好的一個姑娘，這不是太可惜了嗎？」

皇甫煜笑了笑，說：「人各有志啊！她跟一般姑娘不一樣，我們作父親、哥哥的也只能成全她。」

孔雪笠啞口無言，只能深深的嘆一口氣：「你文章寫得高妙，卻對功名沒有興趣；嬌娜姑娘才貌雙全，卻無心於世間感情。唉，的確是人各有志，不能強求。」

看著孔雪笠失望的樣子，皇甫煜又說：「我姨媽有一個女兒，名叫阿松，今年十八歲，性情溫柔，長相清秀，我和爹都希望能促成你們兩個。如果你不相信，阿松妹妹每天都會到花園散步，你可以親眼見她。」

孔雪笠無奈一笑，說：「我本來是孤單一人，如果不是你們看重我，我怎麼敢奢望能成家立業？我對你父親與你實在非常感激。阿松姑娘的相貌與性情，想必都很好，我怎麼會不信呢？你的話我絕對不會懷疑的，只是我現在的心情還有些複雜，無法想那麼多。」

皇甫煜曉得孔雪笠對嬌娜的情意，便不再勸他，只說：「你病剛好，要多多休息。」

孔雪笠對他感激一笑，無比落寞的轉身回房。

連著幾天，孔雪笠心中還是惦記著嬌娜，食不知味，也無心讀書，只是精神恍惚的呆呆坐著。這天晚上，他心血來潮的到花園閒逛，忽然看見一道白色的身影從他眼前匆匆晃過——是嬌娜。他絕對不會認錯，她的容顏、身影總在夢裡出現，他太熟悉了。

孔雪笠快步跟在嬌娜後面。她的身影忽遠忽近，不知道是不是故意逗弄他，即使追趕出一身的汗，他仍然追不上嬌娜。正當孔雪笠打算放棄時，嬌娜卻忽然在一口古井邊停下腳步。

嬌娜回眸一笑，明光映照著她美麗的容顏，如夜裡的曇花盛開，清豔逼人。孔雪笠的臉微紅，想要叫她，沒想到他還沒開口，嬌娜竟突然跳入古井。

「啊！嬌娜姑娘！」孔雪笠想也不想，立刻衝上前，跟著跳入井中。他雙眼緊閉，以為自己就這麼死在古井之中，但想到他能與嬌娜死在一起，心中竟然泛起一股滿足。

「砰！」隨著一聲落地巨響，孔雪笠發現自己跌在一團東西上，全身上下毫髮無傷。藉著月光，他才發現井底鋪著一疊又軟又厚的乾稻草，難怪他能安全

落地——但卻沒看見嬌娜的身影。

「奇怪，井底怎麼會有這麼多乾稻草？嬌娜姑娘又到哪裡去了？」他不解的爬起來，拍拍身上黏附的稻草，仔細尋找，才發現還有一條通道，盡頭處隱約透著亮光。孔雪笠想了一下，決定沿著通道往前走。

「嬌娜姑娘，嬌娜姑娘……」他在黑暗中一邊摸索，一邊叫喚，好像這樣就有了膽子。

「你找我做什麼？」

嬌娜的聲音突然冒了出來，讓孔雪笠又驚又喜，但是他一時之間卻不知道該說些什麼。「我……」

嬌娜問：「你怎麼這麼傻，剛剛跳下來的時候，都沒想過會發生什麼事嗎？」

「我……我來不及想，只覺得不能錯過見妳的機會，就跟著跳下來了。」孔雪笠感到臉上一陣熱辣，暗自慶幸她看不到他窘紅的臉。

「大哥不是跟你說過，我想要修煉成仙，對凡間俗事沒有興趣的。」

孔雪笠很小聲的應了一聲：「我知道。」

「我會看面相，你是富貴命，將來會當官。阿松姐姐溫柔體貼，有幫夫運，她與你是天造地設的一對。」

聊齋誌異

孔雪笠沉默了一下，才鼓起勇氣問：「嬌娜姑娘，像妳這樣年輕美麗的女子，為什麼想要修煉成仙？」

「你真的想知道？」

「當然。」

「我勸你，有些事情只要接受就好，不用知道原因。如果你真的想知道，我也會告訴你。只是⋯⋯你知道了可別害怕啊。」

「有什麼好怕的？」孔雪笠不解的反問。

嬌娜「噗嗤」一笑，說：「如果你不怕，那就走到洞口吧。」

「嗯。」孔雪笠精神大振，走向洞口微弱的光線。空氣中瀰漫著嬌娜身上獨特的香味，越接近洞口，那股令人迷醉的香味越濃厚，讓他的步伐漸漸加快。

「嬌娜姑娘。」

洞口處是一片森林，沒有俏麗的嬌娜，只有一隻全身純白的雪狐沐浴在月光下。雪狐看到孔雪笠，不但不躲避，那雙靈動烏黑的眼眸還直直的盯著他。孔雪笠愣了一下，目不轉睛的看著雪狐，雪狐大膽得詭異，讓他不禁有些害怕。

雪狐偏過頭，表情帶有幾分不滿，好像在責怪孔雪笠。孔雪笠深深吸了一口氣，空氣中那股屬於嬌娜

的香氣，似乎是從雪狐身上散發出來。

　　孔雪笠的心跳加快，傻傻的喊著：「嬌娜姑娘，嬌娜姑娘，妳在哪裡？」口中雖喊著嬌娜的名字，但他的眼睛卻不自覺的望著雪狐。

　　雪狐彷彿察覺到孔雪笠的視線，「嗷」的叫了一聲，好像在說：「我就在這裡啊！」

　　孔雪笠只覺得快要喘不過氣，仔細一看，發現雪狐口中竟然含著一顆紅色丸子──那是嬌娜為他治病時的紅色丸子。他的眼睛越瞪越大，呆張著嘴，卻吸不到空氣，一陣天旋地轉，就這麼失去知覺。

　　孔雪笠醒過來的時候，已經是隔天清晨，大片陽

光穿過窗戶，灑落在房間地上。他急忙從床上坐了起來，完全不知道自己是怎麼離開井底，又是怎麼回到房間的。難道，昨晚的一切只是一場夢？可是每一幕卻又在腦海中那麼清楚！

他掀開被子，仔細檢查，發現自己的衣服皺摺裡竟夾了一根枯掉的稻草，忍不住大吃一驚——昨晚他就是跌在稻草堆中的！他又看看雙腳，鞋底果然也沾滿稻草和泥土。

孔雪笠全身無力，愣愣的說不出話。回想住在皇甫家的種種情形，他低聲一嘆。他早該猜想到，皇甫一家都不是尋常「人」啊。

這時，門外忽然傳來「叩！叩！」的敲門聲。「孔公子，你還好嗎？」

「咦？這是誰的聲音？我怎麼沒有聽過？」孔雪笠一頭霧水，壯起膽子問：「哪位？」

「我是嬌娜的表姐阿松。嬌娜妹妹請我轉告一句話給你。」

聽到「嬌娜」這兩個字的時候，孔雪笠心跳還是會加快——縱使嬌娜是狐，也是一身丰采；因為她是狐，所以嬌媚；因為她一心修煉，所以脫俗。

孔雪笠猜想，嬌娜或許是看透了萬物生死，才會

產生藉著修煉以超脫俗世的想法吧，若她不是狐，一個年輕女子怎會有那麼大的本事醫治他的病呢？

這麼一想，對於皇甫一家都是狐的事，孔雪笠覺得能自在面對了。

「姑娘，請等等。」孔雪笠下了床，整理好衣服後，還深吸了一口氣，才去開門。

門外站著一個嬌小的美人。她的美貌不輸嬌娜，也是世間少有的清麗，跟嬌娜相比，阿松秀美的容顏和嬌憨的神情，更多了一份單純。

「嬌娜妹妹要我幫她向你道歉。我問她做錯什麼，她不肯說；我又問她怎麼不讓皇甫哥哥傳話，她卻說怕哥哥追究起來會怪她。我只好冒昧的來打擾你了。」

阿松說話的時候，雙頰泛紅，一直不敢抬起頭。孔雪笠本來還有點緊張，看到阿松嬌羞的模樣，放鬆的笑了出來——他彷彿看到一隻柔順討喜的小狐狸，內心正緊張不安呢！

孔雪笠說：「嬌娜姑娘沒有做錯什麼，她只不過讓我知道一件我早該知道的事情而已。」

阿松好奇的抬起頭，疑惑的看著孔雪笠，孔雪笠忍不住被她的眼睛吸引——她一雙純真清澈的眼睛是人間所有姑娘都比不上的。

聊齋誌異

孔雪笠朝她肯定的點點頭，沒有說出嬌娜和他昨晚的事。

阿松雖然不明白，但見到孔雪笠的表情，她不禁燦爛一笑：「那我就放心了。」話一說完，她臉紅得更厲害，連忙向孔雪笠告辭，快步離去。

孔雪笠笑著目送她離開，他可以感覺到阿松純淨的心思，因此和她相處讓人覺得舒服。

若不管「人」、「狐」之間的差別，阿松也是一個溫柔的佳人啊，而皇甫煜更是清逸的文人，而嬌娜……嬌娜……她是世上絕無僅有的存在啊！

輕聲一嘆，對嬌娜的感情，孔雪笠終於釋懷。

孔雪笠一如往常和皇甫煜一同讀書，心中漸漸不在意人與狐的分別，他發現皇甫煜極為關心他的終身大事，過了幾天，他便請皇甫煜作媒，成就他與阿松的姻緣。

皇甫煜為孔雪笠和阿松辦了場盛大熱鬧的婚禮，

夫妻兩人婚後相當恩愛。

　　聽說單家即將從鄉下搬回天台縣，皇甫一家便準備離去，因此不得不與孔雪笠分別。皇甫煜贈送百兩黃金給孔雪笠，又幫助他返回山東。

　　孔雪笠的母親本來以為孔雪笠已經客死他鄉，沒想到孔雪笠不但平安歸來，還帶回一個美若天仙的兒媳婦，不禁喜出望外。阿松非常孝順，過了一年，她為孔雪笠生了一個兒子，一家和樂融融。幾年後，孔雪笠當上了官，因為母親身體不佳，他便只帶了阿松和兒子前去上任。

　　一天，孔雪笠到野外騎馬散心，看見前方一個騎在駿馬上的美男子，頻頻回頭看他。孔雪笠仔細一看，認出那人竟是皇甫煜，連忙趕上，寒暄敘舊。皇甫煜說嬌娜仍在專心修煉，但父親已經去世。世事變化，兩人再度重逢，都是又悲又喜。

　　皇甫煜邀請孔雪笠回家，兩人來到一幢古色古香的大宅院，門前老樹高聳入天，濃蔭蔽日，一片昏暗。皇甫煜家的大門布滿了代表身分的銅釘，看起來森嚴

而有威儀。

　　兩人徹夜暢談，孔雪笠隔天又帶阿松與兒子前來拜訪。此時嬌娜剛好也在皇甫家，看到孔雪笠等人非常開心，還抱起孔雪笠的兒子逗弄。孔雪笠覺得幾年不見嬌娜，她更像是不食人間煙火的仙女了。

　　嬌娜笑說：「姐夫有阿松姐姐這麼好的妻子，又有可愛的兒子，人生應當沒有遺憾了。」

　　孔雪笠紅著臉，向嬌娜深深行了一個禮，「感謝嬌娜妹妹，一切全是妳的襄助。」他心裡明白，當年嬌娜除了救他一命，還故意安排阿松與他相會，促成這一段姻緣。

　　嬌娜看著他，又是一笑：「姐夫不用謝我，只要好好對待姐姐就好，這樣才不枉費我一片用心。」

　　嬌娜對孔雪笠自始至終都沒有產生感情，但因為那一夜她在孔雪笠面前現出原形，他們之間便有了個祕密。而因為孔雪笠願意誠心與他們狐類來往，嬌娜便敬重他，不把他當做世間一般的男子看待。

　　眾人敘舊有說有笑，歡笑聲不斷。從此之後，孔雪笠只要有空，就會帶著阿松和兒子拜訪皇甫煜。

　　這天，孔雪笠來訪的時候，看見皇甫煜和嬌娜愁容滿面，於是問：「你們遭遇了什麼困難嗎？」

聊齋誌異

皇甫煜與嬌娜對看一眼，才嘆了口氣說：「這是劫數啊！」

　　「到底是什麼事情？要是我幫得上忙，我一定全力以赴。」

　　「實話跟你說，我們不是人類，是狐。現在面對的是一場大劫，這件事情如果沒有你幫忙，我們可能全都在劫難逃，但是我們又怕會拖累你。」

　　孔雪笠連考慮都沒有考慮，就說：「說什麼拖累？如果沒有你們，說不定我早就客死異鄉了，哪裡還有辦法享受這些年的天倫之樂、富貴安康呢？這個忙，我就是拚著性命不要，也要幫你們到底！」

　　皇甫煜一聽，感動的跪下，嬌娜、阿松與家裡的下人們也跟著一起跪拜。皇甫煜哽咽著說：「我們全家的性命，都要靠你保護了。你的大恩大德，我絕對不會忘記。」

　　「說什麼大恩大德，我只不過是報恩而已。」孔雪笠跟著跪下，說：「我孔雪笠對天發誓，絕對盡全力保護你們一家，與你們同生共死。」

　　皇甫煜拉起孔雪笠，解下佩劍交給他，說：「一切拜託你了。你等一下就在門口等待，就是雷電轟擊，也請你一步都不要移動。」

孔雪笠遵照皇甫煜所說的去做，皇甫一家則都躲了起來。他獨自站在門外，沒多久就見到大片烏雲迅速擴散，黑沉沉的遮住天空，明明是大白天卻一下子就變得天昏地暗。他回頭一看，皇甫家的大宅院已經消失，變成一座高大的墳墓，墓穴深不見底。

　　正當孔雪笠還在驚愕時，忽然聽見「轟」的一聲，聲響震天，搖山撼岳，突然颳起暴雨狂風。風雨呼嘯聲中，他眼前一棵盤根錯節的老樹竟被連根拔除。

　　孔雪笠被震得目眩耳鳴，五臟六腑彷彿也跟著晃動，但是他仍捉緊了劍，挺立不動。

　　忽然間，滿天烏雲中傳來一聲詭異的咆哮，接著衝下一個尖嘴長爪的怪物，從墓穴中捉出一個人，就要飛升而上。孔雪笠覺得怪物手中那個人的身形和衣服，彷彿就是嬌娜，他連忙一躍而起，舉起劍就往怪物刺了下去，怪物疼得狂吼一聲，手一鬆，嬌娜應聲掉落，昏倒在地。

　　這時一陣雷電爆裂，隨著一聲轟然巨響，孔雪笠被擊倒在地，當場斃命。

　　過了一會兒，雲收霧散，天空一片澄清。嬌娜漸漸甦醒，發現孔雪笠死在身旁，不禁放聲大哭。一直以來，她不輕易表現出情感，但孔雪笠竟然可以為了

她捨身，這麼深厚的情義，讓她感動、哀痛不已。

阿松等人從墓穴出來，看到孔雪笠的屍首，也是痛哭不止。

「夫君，你醒醒啊。」阿松不死心的叫喚著斷了氣息的孔雪笠。

嬌娜擦擦眼淚，說：「阿松姐姐放心，我不會讓姐夫就這麼死去的。」

皇甫煜吃驚的望向嬌娜：「妹妹⋯⋯」

他知道嬌娜有讓孔雪笠死而復生的本事，但⋯⋯這得以她的百年修行為代價啊。

嬌娜堅定的看了皇甫煜一眼，拔下金簪子交給他：「哥哥，你用簪子撥開姐夫的嘴。」她又吩咐阿松：「姐姐，妳從姐夫的身後撐起他的頭，我等一下就還妳一個好好的丈夫。」

見兩人分別行動後，嬌娜抬起孔雪笠的下巴，嘴對嘴的將紅色丸子送入孔雪笠的口中。嬌娜輕輕呵氣，紅色丸子隨著她的氣息沒入孔雪笠的喉頭，發出「咯咯」的響聲。

沒多久，孔雪笠便慢慢的甦醒過來。一時間，他眼前的景物模糊，眨了幾次眼後，視線才漸漸清晰。眾人臉上滿是擔憂，而嬌娜的雙頰緋紅，淡淡的笑著。

「還好妳（你）沒事。」孔雪笠和嬌娜異口同聲的說。

阿松抱住孔雪笠，哭喊：「剛剛嚇死我了。」

「沒事沒事，我不是還活著嗎？不過我只記得我刺了怪物一劍後，天空忽然雷電大作，往我身上劈了過來，接著我就不知道發生什麼事了。」

皇甫煜簡單的把剛剛發生的事情說了一遍，卻省略了嬌娜親暱的舉止，以及她為了救孔雪笠而耗損的修行。

歷經大劫，一家人更珍惜重聚共處的緣分。因此眾人商量後，決定一起移居孔雪笠家，不再住在深幽的墓穴裡。

皇甫煜等人搬入孔家的第一天晚上，眾人徹夜歡樂，醉成一片，沒想到隔天，嬌娜便失去了蹤影，只留下一張紙條，說要重回山林修煉。

孔雪笠心中雖然惆悵，卻不去追尋嬌娜。他知道，嬌娜終究不屬於凡世，她是世間絕無僅有的狐仙。

此後幾年，嬌娜偶爾會憑空出現，然後又莫名消失。而皇甫煜則始終住在孔雪笠家中，兩人親如兄弟。

葛　巾

　　牡丹，是花中之王，以雍容麗色豔冠群芳，以濃郁芬芳迷惑眾生。

　　曹州位於山東，人們都說，世上最好的牡丹花就在曹州，而最愛牡丹的人就是洛陽的常大用。

　　這年春天，常大用特地前去遙遠的曹州，用盡一切關係，好不容易能借住在一位官員家中，希望能親眼目睹官員花園裡牡丹盛放的美景。他抵達曹州時是二月，牡丹還沒開花，他便天天徘徊在花園，時時盼望花開，甚至天天寫詩詠懷牡丹。旅費快要用光時，他甚至典當身邊所有值錢的東西，只為了能一睹牡丹花開的美麗。

　　草木並非無情，他對牡丹花的痴愛，不禁讓牡丹花精暗自感動。

　　被讚譽為曹州第一的牡丹──葛巾紫，歲歲年年吸收天地日月精華，已經修煉成精。以她的修行，當然知道常大用的存在。

天才剛亮，氣溫仍低，<u>常大用</u>卻已經起床，想欣賞牡丹花早晨的姿態。

<u>葛巾</u>幻化成年輕女子，對著另一名桑樹幻化的老婦人說：「大家都說世上男子不專情，可是這男人對牡丹花卻情有獨鍾，愛到成痴了。」

她們待在花園的角落，<u>葛巾</u>的目光盯著<u>常大用</u>。<u>常大用</u>是愛花的風雅人士，俊秀瀟灑，正是到了該娶妻生子的時候。

桑樹精皺起眉頭，叮嚀<u>葛巾</u>：「哼，男子都是自私的蠢蛋，妳別對他們動心。」

忽然發現兩人的<u>常大用</u>嚇了一跳，遠遠的行了個禮後就急忙轉身離開，<u>葛巾</u>笑著說：「<u>桑</u>媽媽，妳看，他見到我們了。呵，他大概以為我們是這官員的家眷，所以被我們嚇跑了。」

「妳有沒有認真聽我說話啊？」桑樹精在一旁嘆氣。

<u>葛巾</u>的眼眸閃耀著光彩，「他傍晚還會再來，我們來作弄他，好不好？」

「唉。」 桑樹精搖頭，「妳別讓命運作弄就好了……」

<u>葛巾</u>轉頭看她，笑得自信：「妳想，傍晚他如果又

看到我們，會有什麼反應呢？」

「看到我，他是不會怎麼樣，但是看到妳……應該會出事吧。」<u>葛巾</u>青春美艷，凡間男子不可能不動心的。

「那我們就來看看會出什麼事吧！」<u>葛巾</u>開始有些期待傍晚了。

而<u>常大用</u>清晨不敢直視<u>葛巾</u>，逃得匆忙，但傍晚時卻大了膽子偷窺。他沒想到竟然還能見到這一位絕色佳人，不禁愣住，回神之後，他急忙追上<u>葛巾</u>離去的身影，一穿過假山，他就撞見<u>葛巾</u>坐在石頭上。

桑樹精連忙擋在<u>葛巾</u>前面，大聲喝斥：「哪裡來的無禮男子？」

<u>常大用</u>痴迷而虔誠的看著<u>葛巾</u>，說：「這位姑娘一定是神仙。」

「說話這麼輕浮，應該捉到官府治罪。」桑樹精瞪著<u>常大用</u>，一臉不悅。

<u>葛巾</u>見<u>常大用</u>一臉害怕，微微一笑：「我們回去吧。」

<u>常大用</u>回家之後，怕被控告對貴族小姐無禮，卻又思念<u>葛巾</u>的容貌與聲音，後悔害怕加上過度相思，才沒過幾天，竟然憔悴生病，無法下床。

葛巾得知常大用生病後，要桑樹精送藥，卻故意假稱是毒藥。常大用先是驚駭，轉念一想，悲戚的說：「我與姑娘無冤無仇，她何必要置我於死呢？算了，與其得相思病，不如喝下姑娘贈的毒藥。」他一口飲盡，就這麼昏沉的熟睡一夜。

　　隔日起床，常大用發覺病已經痊癒，渾身舒暢，更以為葛巾是神仙，從這天起，他便常在無人的時候，虔誠膜拜，心中暗自祝禱。

　　知道常大用傻氣的行為後，葛巾特地約他到樹林相見。

　　「多謝姑娘相救！」一見到葛巾，常大用連忙跪在地上對她磕頭。

　　葛巾只是微笑。她是牡丹，是花中之王，是最被貴族鍾愛的華貴品種，她喜愛世人恭敬臣服於她的姿態。

　　她白皙無瑕的臉頰染上一層輕紅，她將常大用拉起，雙眼含情的看著他——她故意誘惑常大用，要他徹底的愛上自己。

常大用握住葛巾的手，鼻間充滿了一股濃郁牡丹香味，令他迷醉。他正想跟葛巾多說幾句話的時候，突然聽見老婦人尋找葛巾的呼喊聲，他不禁大驚——老婦人前幾日凶惡不善的態度，讓他心有餘悸。

葛巾往南一指，低聲的說：「今晚你可以翻過牆，那裡有間四面都有紅窗的房屋，就是我的住處。」

當晚，葛巾的堂妹玉版剛好來找她下棋。

葛巾因為已經和常大用約好，所以一直無法專心，但玉版不停纏著她，她只好勉強打起精神應付。

當常大用搬來梯子翻過牆，卻發現葛巾正在和玉版下棋，一旁又有幾位婢女，只好無奈的翻牆離開，然而他心中又念著葛巾，不久後便又再度翻牆進屋。沒想到玉版興致很高，遲遲不放葛巾回房，常大用這麼來來回回，不知該如何是好時，桑樹精正巧發現了牆內的梯子，便將梯子收了。常大用無法再順著梯子進屋，只得悶悶不樂的離開。

隔日葛巾偷偷傳訊要常大用再來一次，她早早就支開婢女，等待常大用赴約。葛巾手托著臉頰，陷入恍惚的思緒中——她想嫁給常大用，但是又怕常大用不會真心愛她。

「桑媽媽總說，世間男子是自私的蠢蛋，可是常大用應該是懂得風雅，懂得憐香惜玉的人吧！他對我算是痴情吧？」葛巾內心一嘆，視線移往門口，正好見到常大用偷偷溜進門，並急忙把門關上。

葛巾微驚，雙頰含羞，斜靠在桌旁。

常大用深深的行了個禮，溫柔的低聲說：「想不到我有這樣的福氣，能和仙女姐姐待在同個房間裡。」他望著葛巾像是會說話的眼睛，心中對她的喜愛更深了些，竟忍不住伸手抱住了葛巾。

對葛巾來說，這是十分陌生的感覺，有點新鮮、刺激，但卻也讓她感到隱隱的不安。她微微掙扎，推開了常大用，嬌羞的說：「你怎麼這麼無禮？」她知道常大用已經被自己迷得團團轉，這個拒絕不是真心，只是為了表現些許女子的矜持。

葛巾的聲音並沒有任何不高興的語氣，常大用便壯起膽子，再次抱住她。「仙女姐姐，別再推開我了，好嗎？」沒想到話剛說完，卻聽到玉版呼喚葛巾的聲音越來越近。

「玉版妹妹來了，你趕快躲起來。」

常大用趕緊鬆手，害怕的躲進床底下，不敢出聲。

沒多久，笑嘻嘻的玉版走進房，要找葛巾到大廳

聊齋誌異

下棋，無論葛巾怎麼推辭，玉版都不接受，還笑說：
「姐姐這麼捨不得離開，難道是有男人藏在這兒嗎?」

「怎麼可能，別亂猜，我跟妳下棋就是了。」葛巾悄悄瞄了床底一眼，才隨著玉版離開。

等兩人走遠了，常大用才從床底爬出來，心中不禁有些怨恨玉版，又不甘心空手而回，於是搜索整間房屋，想找個東西留念。他發現床頭放了一條水晶如意，如意上還束著一條紫色絲巾，小巧可愛，他便將如意放入懷中，翻牆離去。

待在自己房裡，常大用反覆把玩如意，內心對葛巾更加思念，但他一想到躲在床下提心吊膽的經驗，擔心如果再去找葛巾，會不小心惹禍上身，因此只能

暗自希望葛巾能主動來找他討回如意。

隔天夜裡，葛巾果然出現在常大用的房間。

「我以為你是君子，沒想到是個順手牽羊的小賊呢！」葛巾的表情毫無怒氣，笑瞇了雙眼——這不是指責，而是情人之間的玩笑。

「我當然是個君子，但是偶爾不當君子，實在是希望能如意而已啊。」常大用嘴角彎起，將葛巾拉進自己懷中。

「你不可以辜負我啊！」葛巾允許常大用的親近，仍不免有些擔心。

「這是我這輩子最大的幸福，又怎麼會辜負妳呢？何況，我也捨不得辜負妳啊！」常大用絲毫沒有考慮就給了葛巾承諾。

葛巾輕輕點頭，她想，常大用應該是個可以依靠的男子吧！

從此之後，葛巾每隔兩、三天就與常大用相聚。漸漸的，常大用不再以為她是仙女，只是每當他問起葛巾的來歷時，葛巾都只是隨口回答，不過這並不影響他對葛巾的迷戀。

葛巾沒有隱瞞桑樹精，對於自己和常大用在一起

的點點滴滴，她一五一十的全說了。因為桑樹精總是告訴葛巾，男人對情愛很難痴心專一，所以葛巾想告訴桑樹精，常大用跟一般男人不同，是值得自己付出感情的。

「真的值得嗎？」桑樹精懷疑的皺著眉頭。「一個女人沒名沒分的跟著一個男人，不委屈嗎？更何況，妳可是牡丹中的嬌貴品種啊！唉，妳三天兩頭就去找他，這件事情能在花界中瞞多久？妳……」桑樹精還想再說，但是看到葛巾微微僵住的臉，只得吞下未完的話。

葛巾知道，花界恐怕都在責罵她丟盡了牡丹的臉吧。「她們是忌妒我。花界中，誰不知道常大用的俊美、深情與風雅。」她逞強的笑了笑。

「妳說的沒錯。但他只是個好情人，不是好丈夫。」作為丈夫，是要有擔當的，但桑樹精不認為常大用是個有擔當的人。

葛巾以為桑樹精指的是她和常大用沒有成親這件事情，於是堅定的說：「我們會名正言順的在一起，因為我要與他回洛陽。」

「妳要離開這裡？妳是一朵花啊！草木都是落地生根的，即使妳是修煉有成的花精，只要離開原本的

土地，都會有所損傷的。妳
真的想過，也真的捨得這
兒嗎？」桑樹精不敢相信
葛巾的決定——草木對
土地的感情與依附是遠
勝過人的。

　　「人有一句話：『嫁
雞隨雞，嫁狗隨狗。』我
與他不能總是私下相會，我
們是真心相愛，所缺的不過是個名分。」葛巾故作輕
鬆，裝作瀟灑。

　　桑樹精不語，只是嘆息。在她看來，葛巾和常大
用欠缺的卻不只是名分。人花異類，如果想長相廝守，
實在太難。只是葛巾對常大用正是用情最深時，她說
什麼，葛巾都聽不進去的。

　　深夜，葛巾對常大用說：「最近傳出一些閒言閒
語，我們得早點計劃，要不然就無法常常相聚了。」
　　「什麼？那該怎麼辦呢？我一向拘束謹慎，實在
是因為一時迷亂，現在就像個寡婦失去節操，不能作
主。」常大用變了臉色。

葛巾不禁愣了愣。拘束謹慎？寡婦？

「寡婦？我以為你是個善於甜言蜜語的情郎，什麼時候變成守身如玉的寡婦了？」葛巾暗紅了臉，心裡有些驚慌，突然後悔起那夜她不該去找常大用拿水晶如意的。那時候，她滿心只想著常大用，卻沒有再三思考。

見葛巾似乎生氣了，常大用連忙說：「看我嘴多笨，連話都說不好。不管有什麼錯，全都是我的錯，我不該意亂情迷，只是妳這麼迷人，恐怕聖人遇到妳也不能不動心。假使妳是男子，寡婦也願意投入妳的懷抱啊。」說著，他抱住葛巾，低聲又說：「這件事情妳覺得該怎麼做就怎麼做，我一切依妳。就算會死，我也奮不顧身，只要我們永遠不分開就好了。」

常大用的擁抱已經讓葛巾的態度軟化，加上他無比深情的話語，葛巾的怒氣立即消散，便柔聲的說：「現在我們只有分開逃走，你先回洛陽，我會跟上你的。」

「這樣當然好，只是讓妳委屈了。」常大用不安的問：「不過……妳的家人捨得妳走嗎？他們要是來找妳，我們又該怎麼辦？」

「相隔那麼遠，他們怎麼找得到我？為了能跟你

在一起，我當然會把這件事情做得完美無缺。」葛巾
一笑。

常大用感動不已，說：「有妳當我的妻子，我這輩
子就足夠了。」

葛巾依偎著他，內心堅定。只要能跟常大用相守，
她願意連根拔除的離開這兒，只希望兩人的愛情能長
長久久。

常大用剛抵達洛陽，過了一會兒，葛巾竟然也到
了，兩人一同回到常家，眾人又驚又喜，沒有人知道
兩人是私奔逃亡的。雖然兩人感情深厚，相處融洽，
但常大用仍然感覺處境危險，葛巾倒是毫不擔心。

常大用的弟弟名叫常大器，天資聰穎。原本已經
談好了一門親事，沒想到成親的前幾天未婚妻突然去
世，葛巾便告訴常大用想讓玉版嫁給常大器的想法。

常大用見過玉版，知道玉版貌美聰慧，可是怕惹
出麻煩，遲遲不敢答應，直到葛巾一再保證沒有問題，
他才同意。

葛巾說動桑樹精去勸玉版，桑樹精費盡唇舌，好
不容易玉版總算答應離開曹州，不過馬車都到了洛陽，
玉版卻還不願意嫁給常大器。

於是葛巾親自前去見玉版，兩人姐妹情深，久別重逢，玉版欣喜的拉起葛巾雙手：「我才笑妳屋裡藏著男人呢，誰知道妳竟然真的跟男人走了。他對妳好嗎？妳真的覺得值得嗎？」

「要是男人對我不好，要是不值得，我怎麼敢叫妳過來呢？」葛巾笑著說：「妳與我不同。我是私奔，妳卻是他弟弟光明正大迎娶，我不會讓妳嫁得委屈的。如果妳體會到人世間情愛的滋味，妳將來還會感激我呢。」

玉版臉上微紅，「妳的嘴是藏了糖蜜嗎，怎麼說出口的都是好聽話？我就不相信，所有情愛都是美好的。花會枯萎、凋謝，難道夫妻情愛就不會消失？」

「我都還沒成全妳的姻緣，妳就要先拆散我們夫妻呀！」葛巾以為玉版在說笑。

玉版收起笑容，嚴肅的說：「姐姐，我是因為不放心妳，所以才答應來洛陽的。看妳的樣子，我知道妳現在過得很好，可是，夫妻都是一生一世的，那男人值得妳託付一輩子嗎？」

看著玉版擔心的神情，葛巾幽幽的說：「妹妹，我們是花精，妳不覺得一輩子太漫長了嗎？我只是不想要寂寞，他愛花，而我是一朵花，我們不是天造地設

的嗎？至於託付……」她微微一笑，「我實話告訴妳，結婚以後，我才慢慢體會到以前桑媽媽說的話。她說，好情人和好丈夫是不同的，丈夫必須要是個有擔當的男子，但大用並不是這樣的人。但是話說回來，既然我們什麼都會，又要丈夫幫我們擔當什麼呢？我願意和他在一起，是因為我喜歡他的溫柔，他總是讓我開心。」

玉版頭一偏，努力思索著。她覺得葛巾的話好像有道理，又好像有些不合理。「哎呀。」她一嘆。「我沒談過感情，不知道妳說得對不對。」

「既然這樣，為什麼不親自去體會呢？」

玉版看了看葛巾，還是不太願意。

葛巾一笑，又問：「難道，妳不寂寞嗎？」

玉版用力的點了點頭，撒嬌的說：「妳不在，我好寂寞呢！」

「往後除了我，還有個丈夫陪著妳，妳就不寂寞了！」

玉版滿臉通紅，笑著不說話，只偷偷的瞄著葛巾，而葛巾瞧著她，眼眸笑得又彎又亮。

常家兄弟得到嬌妻之後，家境也逐漸富有。沒想

到，葛巾和玉版的美貌以及常家財富，竟然引來惡人覬覦。一日，數十名強盜闖入常家，常大用帶著家人急忙躲到樓上避難，強盜則在樓下聚集咆哮。常大用探出頭，怯怯的問：「請問我有得罪各位英雄的地方嗎？」

「沒有，只是有兩件事情要來拜託。第一，我們這裡共有五十八名弟兄，每個人想要跟你拿五百兩。」帶頭的強盜吹了聲口哨，接著好幾個抱著柴薪的強盜兩手一攤，乒乒乓乓的丟下柴薪，這意思十分清楚——不給錢就燒房子。

「這……這筆數目實在太大，不過我會盡力去準備，就算是跟各位交個朋友。」常大用暗自嘆了口氣，心想：「既然惹到煞星，只好花錢消災了。」

「常公子真是爽快。」強盜大笑，又說：「第二件事情比較簡單，聽說你們兩位的夫人都是絕世美人，我們想看看。」他一說完，其他強盜哄堂大笑，笑聲充滿調戲的意味。

玉版漲紅臉，低聲罵了聲：「無恥！」身子一動，就想要衝下樓給強盜們一點教訓。

葛巾捉住玉版的手，小聲的說：「這件事情讓男人們出面吧。」

知道強盜們來者不善，常大用又氣憤又害怕，硬著頭皮，說：「我們家教極嚴，女子不可拋頭露臉，還請各位英雄見諒。每人五百兩，相信足夠讓各位成家立業了，如果再有要求，實在是為難我們了。」

強盜馬上變臉。「你說的話，我們聽不懂啦。不過就是看看你老婆，你是怕什麼啊！小心我一把火燒了你家，別說老婆，你什麼都沒有了。」

「英雄，有話好說啊。」常大用流著冷汗，和常大器面面相覷，兩個人臉色都很難看。

「大哥，我們跟他們拚了吧！」常大器對強盜們無禮的要求萬分惱怒。

常大用嘆氣，兩手一攤：「怎麼拚？」

一句話問得常大器啞口無言，氣得猛敲自己的頭。其他人則是嚇傻了，不敢出聲。

葛巾笑笑的說：「既然這樣，那就讓我們下樓吧。」

「不行！」常家兄弟異口同聲。

「那你們說該怎麼辦？」玉版瞪著他們，揮開常大器阻擋在她面前的手。

常大用抱住葛巾。「可是我怎麼能眼睜睜的看著他們搶走妳們啊！」

所有人聽到這話都哭了起來。「難道大家要一起死嗎？」常大用的父母開了口。

常大用束手無策，左右為難。要丟性命，他不敢；要丟葛巾，他不捨。

葛巾輕輕的推開常大用，依然帶著笑：「你跟他們說，我們整理一下儀容，請他們等一下。」

「也許他們只是想看看葛巾和玉版，應該不會有事的。」常大用的父母又說。

玉版臉色鐵青，咬著下唇，隱忍的怒氣就要爆發。

常大用握緊葛巾的手，喃喃的說：「妳是個姑娘，也許他們不會為難妳……」

聽到常大用自欺欺人的懦弱話語，玉版再也忍不住，冷冷開口：「那大哥怎麼不去拚命呢？也許他們也不會為難你！」

常大用尷尬的說不出話，葛巾拍拍他的手，瞪了玉版一眼。「別亂說。」

玉版被葛巾拉進房內，一進房就氣得開罵：「桑媽媽說得對，人類好自私！」

「別氣了，我們有本事，但是人類沒有本事啊。」葛巾輕輕嘆息。

「妳真的不生氣嗎？」玉版瞪大眼睛，不相信葛巾沒有動氣。

葛巾想了一下，說：「不是不生氣，只是不要計較。這是夫妻相處的方法。」

「可是夫妻不是應該要同生共死嗎？那些男人只會甜言蜜語，一點用處都沒有。」玉版越說越怒，連連跺腳。

「我以前就說過，本來就只是要他們哄我們開心而已啊。」葛巾笑了笑。

「可是我現在不開心啊！」玉版雙手放在胸前。

葛巾笑容僵住，一時無法反駁玉版。雖然她並不需要常大用保護她，但是常大用的軟弱還是讓她⋯⋯讓她有些失望。

過了一會兒，葛巾打起精神，又說：「這些強盜本來就是為了我們而來，難道要別人替我們出面解決嗎？」

「可是妳一開始說要讓男人去處理啊。」玉版嘟著嘴，不滿的說：「姐姐，妳越來越像人了，可是有哪一個當妻子的能像妳這樣呢？唉，妳不會想念那些追

求過我們的大樹精嗎？他們雖然無趣，但是可靠多了。」

葛巾沉默，經過這次風波，她對感情有更多體悟了。「世上本來就沒有完美的愛情，但是愛上了，我也沒辦法……」

玉版嘴一扁，「好吧，一切都依妳的意思吧。」

兩人盛裝打扮後，打開房門，緩緩下樓。

想不到會見到這麼綽約動人的美人，一群強盜全看傻了眼。葛巾停在樓梯最後幾階，盯著強盜們，嘴角帶起一抹笑：「我們都是仙女，偶然來到人間，哪裡會怕你們這些強盜。我準備了一萬兩銀子，只怕你們不敢收下。」

雖然只是三言兩語，但葛巾和玉版傲然自在的神情與過人的美貌，已經讓強盜們心服，不禁有禮貌的說：「不敢。」

葛巾和玉版轉身要走，一個強盜如夢初醒，大喊：「這一定是詐騙。」

「你們有什麼願望就趁早完成，現在還來得及呢！」葛巾回眸一笑，輕聲細語，見強盜們全都一愣，她又朝向剛剛大喊的強盜說：「劉二，你那缺了牙的妻子，不是還等著你拿錢回家嗎？」

說完，葛巾和玉版轉身從容上樓。

劉二嚇出一身冷汗，強盜們更是面色凝重。如果葛巾不是神仙，怎麼可能知道這些事情？

當強盜們再次抬頭，已經不見兩人身影，不禁嚇得大叫，逃出常家。

逃過一場大難，常大用緊緊抱住葛巾：「娘子，妳真的是神仙啊。」

葛巾笑而不語。她可以不計較任何事，只要常大用一直這麼愛她就夠了。

兩年後，葛巾和玉版各生了一個兒子。對於葛巾的來歷，常大用始終感到困惑，葛巾禁不起常大用苦苦懇求，只好告訴常大用她本姓魏，母親被封為曹國夫人。

常大用與葛巾雖然夫妻情深，但他無法確定葛巾到底是貴族小姐還是神仙。葛巾越是神祕，他越是好奇，便假裝說要做生意，偷偷前往曹州調查，沒想到曹州並沒有姓魏的貴族。他再次前往以前借住的官員家中拜訪，忽然發現牆上題有一首贈曹國夫人詩，急忙向官員打聽。

官員笑著帶他去見「曹國夫人」──原來那是一

株高到屋簷的牡丹，品種是「葛巾紫」。常大用嚇了一跳，開始懷疑葛巾不是貴族小姐，也不是神仙，而是花妖！

返回洛陽的路上，常大用仔細回想過往種種，越來越覺得葛巾和玉版真的是花妖，讓他十分擔心害怕，悶悶不樂的回到常家。

這時，葛巾和玉版各抱著兒子在花園聊天，見到常大用，葛巾微笑的問：「你一路上有什麼好玩的事嗎？」

桑樹精人在曹州，所以常大用去調查她身分的事，葛巾和玉版都已知情。

葛巾有些心寒，但仍然不願說破。為了家庭圓滿，只要常大用不在意她不是人，她願意裝作若無其事——玉版說得對，她越來越像人了。

然而，一旁的玉版不像葛巾笑臉迎人，她的臉色難看，始終瞪著常大用。

常大用勉強擠出笑容，說：「我買了好多飾品給妳們，還買了幾株牡丹。」他不敢問葛巾到底是不是花妖，便故作輕鬆的念出贈曹國夫人詩，想看看葛巾會有什麼反應。

葛巾一聽，臉色大變。常大用見葛巾表情不對，

趕緊停住，全身抖個不停。

看著常大用害怕的樣子，葛巾覺得一股寒意籠罩著自己。常大用的試探，讓她覺得自己付出的深情愛意，顯得不值又狼狽。

「三年前，我感謝你對牡丹花的憐愛，以及對我的深情，所以才想與你作一對人間恩愛夫妻。」葛巾瞇起眼，冷冷的說：「可是現在你卻對我感到懷疑、恐懼，我們還能在一起嗎？當初，我曾說過要你別辜負我，但你終究做不到。」

話剛說完，葛巾將手中的孩子拋了出去，玉版也丟下孩子。常大用驚恐大叫，想不到孩子落地立即消失，而他一轉頭，葛巾和玉版已經失去身影。

常大用懊惱大呼：「葛巾！」沒有任何回應，只有春風依舊微微的吹過。

數日後，兩個孩子墜落的地方長出兩株牡丹，一夜就長了一尺多高，一株花紫，另一株為白花。

常大用日日夜夜懷念與葛巾相處的甜蜜時光，歲歲年年孤單的看著牡丹花開花謝。他一生沒有再娶──因為人世間已經不可能再有像葛巾一般的妻子了。

喬　女

　　這是第一次，喬元從一個男人的目光中，感覺自己被珍視、被愛慕。

　　這也是喬元第一次接近愛情，但，這竟是最後一次見到他。

　　喬元，平原縣人，生得又黑又醜，臉上一只塌鼻，腰下一條瘸腿，到了二十五、六歲都沒有人提親。直到有個四十多歲的穆姓讀書人，妻子死了，窮到沒錢再娶，才勉強娶了她。

　　婚後三年，兩人生了一個兒子，沒想到過了不久，穆生過世，家境越來越糟，喬元母子倆生活得非常辛苦。喬元不得已，只好回家向母親乞求援助，但她沒料到，喬母見到她不但不感到高興，反而因為厭惡她的醜陋與窮困，而不耐煩的對待他們母子。喬元感到無比羞憤，便發誓再也不回娘家。往後，喬元就靠著紡紗織布過日子，決定再怎麼窮困都會咬牙苦撐。

這天，天寒地凍，喬元穿著單薄的衣物，背著不足一歲的兒子，上街販賣織好的布匹。她看到路上一個小孩刻意撞上一個男人，那個小孩順勢想摸走男人腰間的錢袋，不禁大聲喝斥：「小偷！」

聽到喬元的警告，男人雖然不知道發生什麼事，但本能的以雙手護住錢袋。小孩無法得手，忿恨的瞪了喬元一眼，就慌亂的趕緊逃走。

男人轉身向喬元道謝，見她背著嬰兒，還抱著幾匹布，忍不住有些同情，便說：「夫人，真是太謝謝妳保住我的錢袋，這裡有一串銅錢，當作是我的謝禮。」

喬元看著他，搖了搖頭。「這位公子，如果我是拚命幫您搶回錢袋，我收您這一串銅錢就心安理得。但我只不過是喊了一聲小偷，所以這筆錢我不敢收。您一聲謝謝，對我來說，也就夠了。」

男人愣了愣，不禁仔細的看著喬元。喬元長得不好看，穿著到處補丁的衣服，可是衣服乾淨整潔，縫補得牢靠緊實；一雙眼睛發亮，堅毅而有光彩；態度大方，不因為自己相貌醜陋而感到自卑，更不因為貧窮而輕視自己。

男人既佩服她的志氣，又可憐她的情況，於是說：「我上街也是要買布。剛好有這機會，妳的布就賣給

聊齋誌異

我吧。」

「對不起，這些布已經說好要給人的，沒辦法賣給您。」

「妳的布織得好，我願意多出些錢買。」

喬元皺起眉頭，「您誤會了，這不是錢的問題。」做人，誠信是最重要的，如果男人連這麼簡單的道理都不明白，那她也沒什麼好說的。「公子，我趕時間，請您見諒。」她微微點頭，算是行禮，越過男人準備離開。

男人呆呆站著，有些尷尬——沒想到她是這麼剛正的女子。

喬元一跛一跛的背著沉睡的嬰孩慢慢走著，男人看了不忍，便快步跟上。「這麼冷的天氣，家裡沒人可以幫妳送布嗎？」

聽男人的語氣沒有惡意，只是單純好心，喬元才慢下腳步，回答：「家裡就我跟這孩子。」

男人眉頭一緊——「孤兒寡母」，是世上最辛苦無所依靠的。他的妻子剛過世，留下一個出生不久的孩子烏頭。一個人照顧孩子真的很辛苦，要不然他也不會急著想再找個妻子來幫他養育孩子。雖然有許多人前來說親，但要找到一個具有品德的女子卻很難，為

了烏頭，他一直沒有輕易答應婚事。

不過，眼前這個女子就是他心目中的理想人選！

男人誠懇的說：「夫人，妳的情況艱苦，如果不讓我好好謝謝妳，變成我良心不安了。」他善意的態度，對喬元來說，是寒天中難得的溫暖。

喬元停下腳步，臉部的表情漸漸和緩。「我們母子就兩張嘴，吃得不多，我一雙手能做的也不少，所以生活沒有什麼過不去的，公子不用替我們擔心。」她感激男人的關心，雪中送炭的善心讓她不禁露出微笑。

男人沒想到，女子雖然生得黑醜，但笑起來卻是明亮溫柔，她的笑容，不是春天繁花盛開的甜美，而是一株雜草堅強求生的堅韌，雖然不起眼，但很動人。他突然被她吸引，看向她的眼神有了不同。

這是第一次，喬元從一個男人的目光中，感覺自己被珍視、被愛慕。

喬元愣了一下，立即甩開心中那股異樣的感覺。

「不可能有男人愛慕自己的。」喬元暗自認為男人眼中透露的只是憐憫與善意。

男人又問：「我到底可以為妳做些什麼，當作感謝？」

喬元揚起嘴角。「如果能給我些事情做，給我一條

生路，那我就非常謝謝公子的好意了。」

男人想了想，突然笑開：「那夫人可以給我姓名和住處嗎？如果我有事情要找妳的時候，才知道該怎麼通知妳。」

「先夫姓穆。東街布莊的劉大娘認識我，如果公子有什麼事情的話，請她轉告我就可以了。」喬元沒有多想，仔細的告訴男人怎麼找她的方法。

「我知道了，天冷，妳多保重。」

喬元回了個禮，轉身趕路。

男人看著喬元堅毅的步伐，下了決定——的確有事情可以請她幫忙，他想找她照顧烏頭，他相信喬元絕對會是個很好的母親。

幾天之後，劉大娘特地來找喬元，寒暄幾句後，劉大娘才說出來意。原來，喬元遇到的男人姓孟，家境富裕，想要迎娶喬元來照顧前妻留下的孩子。

喬元終於明白男人的心意，那天男人看自己的目光，真的是珍視與愛慕。她當然歡喜且願意嫁給孟生，

但是想了一會兒，她拒絕了這門親事。

跟著孟生，喬元相信自己一定不必再受苦，但是她長相醜陋、身體殘缺，孟生所珍視、愛慕的必定是她的品格與德行。若是她答應再嫁，哪裡算得上貞節？

男人最重要的是不事二主的「忠義」，女人最重要的是不嫁二夫的「貞節」。

喬元不願意被人輕視，更希望能保全這一份美德，所以她不能再嫁！

被喬元拒絕後，孟生卻更加仰慕她。

孟生派人帶了更豐厚的禮物去找喬母，見錢眼開的喬母歡天喜地的前來勸說喬元，無論喬母怎麼威脅利誘，喬元始終不為所動。

喬母勸不動喬元，向孟生表示願意將漂亮的小女兒嫁入孟家，但孟生笑著拒絕了。

然而過了不久，孟生卻突然染病身亡。

喬元前去祭拜孟生，悲痛欲絕。她沒想到，兩人只有相見一次的緣分。

唯一愛過自己的孟生已死，那她還能為他、為這

段短暫的情感做些什麼嗎？

　　由於孟生並沒有其他親人，死後，許多無賴找上孟家、奪走家具、侵占田產，連僕人們也偷走值錢的物品後才離開，只剩下一名忠心的婢女留在孟家，整天抱著烏頭痛哭。

　　喬元聽說孟生與林生是交往密切的好友，因此特地去見林生。她懇求林生，希望林生能看在「朋友」的情義上，為孟生出頭。「我會好好撫養烏頭長大，但是您如果看著孟家有難卻不相助，那『五倫*』之中，就不需要『朋友』了。」她雖然拒絕了孟生的提親，但對孟生的賞識十分感動，因此她決定幫忙撫養烏頭，以報答孟生的情意。在喬元心中，撫養子女是「夫妻」之間該做的事。

　　林生無法反駁喬元，只好答應幫助孟家，沒想到無賴們聽說了這件事，便拿刀威脅他，害怕的林生不敢再管孟家的事，也不理會喬元的苦苦哀求。

　　喬元無比氣憤，決定出面控告那些侵占孟家田產的無賴。縣令問起她與孟生的關係，喬元回答：「您掌

---

*五倫：指君臣、父子、兄弟、夫妻、朋友五種倫理體系。

管平原縣大小事情，所依據的是公理二字。如果說的是假話，就算是親人也是有罪；如果是實話，路人的話也應該相信採納。」

縣令覺得喬元和孟生毫無關係，積極的為孟家訴訟不合情理，又看她相貌黑醜，說話憨直魯莽，十分不悅，於是不願受理這件案子。

喬元不怕無賴、不畏流言，四處找人哭訴申冤。一個德高望重的先生敬重喬元的為人以及仗義相助的行為，便幫她向縣令申訴。縣令因此才下令查辦此案，發現喬元所說的都是事實，於是懲罰無賴，並歸還孟家田產。

有人建議喬元留在孟家以撫養烏頭，但是喬元沒有這麼做。她緊緊鎖住孟家大門，讓婢女抱著烏頭跟她回家。每當烏頭需要添購物品時，喬元必定帶著婢女一同前往孟家開門，取出適量錢財後再牢牢鎖門。

喬元分文不取，過著一如以往的窮苦生活。

烏頭和喬元的孩子一同長大，兩人親如手足。

過了幾年，喬元請了一位老師幫烏頭上課。孟家婢女勸喬元讓兩個孩子一起念書，但喬元不肯，因為她認為孟家的錢只能用來教導、撫養烏頭，她必須清

清白白，才不枉費孟生對她的賞識——她不能讓孟生覺得看錯了人。

又過了幾年，喬元將孟家大門的鑰匙歸還給烏頭，並為他尋找一門好親事，又整修了已經有些荒蕪的孟家，好讓烏頭入住。

烏頭對喬元既尊敬又愛護，便哭著求喬元不要離開，喬元將烏頭當成自己的孩子一般，見他態度誠懇，只好勉為其難答應，但卻照舊紡紗織布，不願意花費孟家任何金錢。看不過去的烏頭夫妻拿走她的工具，要喬元好好跟著他們享福。

喬元盯著表情認真的烏頭，輕輕的說：「烏頭，你不讓我們母子工作，我心裡怎麼能安穩呢？」沒有了工具，喬元便為烏頭管理家務，而自己的孩子則在孟家當長工，無論烏頭怎麼勸阻，都改變不了喬元的心意。

每當烏頭夫妻犯了過錯，喬元必定嚴厲的加以指正，要是夫妻倆不願悔改，她也不多說，立刻轉身準備離開，烏頭害怕喬元真的離開孟家，便會乖乖的下跪認錯，承諾不敢再犯。

不久，喬元生了重病，所有診治的大夫都束手無策。烏頭和自己的兒子都守在床邊，寸步不離。

喬元躺在床上，欣慰的看著他們。孟家的孩子和穆家的孩子相親相愛，對她來說，她對孟生已經有了交代。雖然她不是孟生的妻子，但是一個妻子能作、該作的，她一項也沒有遺漏。她總是一再想起那個下雪的日子，孟生當時溫柔的眼神，給予她度過許多艱辛的力量。

孟生是唯一曉得喬元美德的人，所以喬元用自己的一生報答他，然而穆生才是喬元的丈夫——喬元知道自己該怎麼做。

「我死後，」喬元緩緩的說，「一定要把我葬在穆家的墳地。」

如果不是捨不得烏頭，也放不下對孟生悄悄的情意，喬元不會願意死在孟家。但是，這樣的貪心，已經讓她良心不安。

「若我不葬在穆家，我將會死不瞑目。」當了烏頭的母親數十年，喬元知道烏頭早就把她當成孟家人、孟生的妻子，所以她才不停提醒——她是穆家人，她不能背叛穆生。

「我……我答應就是了……」烏頭哭著答應，心中卻另有打算。

專注的看著烏頭與自己的兒子，喬元笑著閉上眼

睛。

喬元去世之後，烏頭為了讓喬元與孟生合葬，竟然拿錢利誘喬元的兒子。

到了喬元下葬的日子，烏頭找了好幾個人要將喬元的棺木抬到孟家墓地，沒想到抬棺的人怎麼用力使勁，棺木卻動也不動，好像被釘在地上一樣。

「怎麼了？」烏頭問。

抬棺的人面面相覷，有個人鼓起勇氣，害怕的說：「孟公子，棺木……抬不動哪！」

烏頭皺眉。「怎麼可能抬不動？你們多用點力氣啊！」他以為眾人見孟家有錢，想要乘機喊高抬棺的價錢。

可是眾人用上了所有力氣，一個個全都冒出了汗，卻絲毫動搖不了棺木。「這……真的有鬼啊。」大家不禁開始竊竊私語，心底發毛。

烏頭這才發覺事情不對，然而他不信邪，故意大聲的說：「這棺木是好棺，大概是因為這個原因才會抬不動，那就再多找幾個人來抬吧。」

過了一會兒，烏頭湊足了三十個人，決定再抬一次棺木。

三十個人齊聲一喊，使出力氣——棺木依然不動。

喬女

這時一陣陰冷森寒的怪風吹來，眾人冒著冷汗，而喬元的兒子則是慘白著臉，害怕的望向烏頭。

烏頭才想說些什麼安撫的話，喬元的兒子突然大叫一聲，口中喃喃說著話。

眾人摀住嘴，嚇得不敢說話，卻又好奇喬元的兒子到底在說些什麼，紛紛豎起耳朵仔細聆聽。

「這個笨兒子，怎麼能賣掉自己的母親？我的臉都讓你丟光了。」

從喬元的兒子口中說出的聲音和語調，竟跟喬元一模一樣。

烏頭頭皮發麻，一陣冷意竄上他的背脊，他知道，現在附在喬元的兒子身上的正是喬元的魂魄。

喬元為了烏頭和兒子的行為，既是不安，又是惱怒。

她活著時不能嫁孟生，死後，又怎麼能與孟生合葬？孟生看重她，是因為她不同於一般女子，所以她想回報孟生對自己的敬愛——沒想到烏頭和兒子卻差點毀了她的尊嚴。

「你怎麼答應我的？你這麼做，對得起我嗎？」喬元氣得聲音顫抖，直直瞪著烏頭。

烏頭似乎又見到了喬元那雙正直的眼，不禁雙膝

一跪，哽咽的說：「喬媽媽我錯了，請您原諒。因為我一直把您當成親娘，才會做出了糊塗的事，違背您的心願。」說著，他眼眶一紅，大聲痛哭。他知道他和喬元之間的感情，比真正的母子還親密，但是礙於禮法，他不能叫喬元一聲「娘」。

喬元心頭一軟，她也是把烏頭當成親生兒子呀！「烏頭……」

看著喬元，烏頭又說：「對不起，我會照著您的心意，把您葬回穆家的墓地，所以請您放心的去吧。」

烏頭的眼眸，讓喬元不禁想起了孟生。她輕輕一嘆，伸出手摸摸烏頭，笑著道謝：「謝謝你，孩子……」她的魂魄終於能夠安息了。

等到喬元的兒子恢復意識後，烏頭和喬元的兒子親自將喬元的棺木送到穆家墓地，完成喬元要與穆生合葬的心願。從此之後，再也沒有發生任何異狀，而孟家與穆家一生密切往來，安康和樂。

聶小倩

　　蘭若寺，是一座建造久遠，曾經香火鼎盛的寺廟，當時寺中建築壯麗，院落蓮花盛開，清幽雅緻。但幾十年前，寺內有幾個僧人離奇死亡，僧人被迫離開後，蘭若寺便漸漸沒落，雜草叢生，然而怪異的事情仍然不停發生。

　　這夜，一名美豔的黑衣女子和一名老婦人在院中說話。

　　老婦人著急的問：「小倩怎麼這麼晚還沒來？」

　　「應該快來了吧。」黑衣女子一副氣定神閒的模樣，和老婦人形成極大對比。

　　老婦人憂心忡忡，又問：「她是不是有對妳說過什麼怨言？」

　　黑衣女子酸溜溜的回答：「我沒特別聽她說什麼，不過，她有時候就喜歡擺個悶悶不樂的樣子，我習慣了。」

　　「對小倩這個丫頭，還真不能太放縱她。」老婦

人皺起眉頭，細長眼眸瞄到小倩緩緩走近，連忙換上笑容：「果然不能隨便說人壞話，我們才剛說到妳呢。妳一聲不響的悄悄走來，還好我們也沒說妳什麼。」

小倩抿嘴一笑，烏黑的眼眸靈動轉著，像是藏著盈盈笑意。

老婦人忍不住說：「小丫頭長得好，像是畫中的美女，我要是男人，八成也會被妳勾了魂。」

「那是姥姥疼我，妳不說我好話，還有誰會說我好話？」

老婦人忙著和小倩談天說笑，黑衣女子被晾在一旁，無聊的打起呵欠。

小倩眼角餘光瞄見黑衣女子一臉無趣，話鋒一轉，笑說：「好久都沒有人到寺裡，看來把姐姐給悶壞了。」

「悶壞我是不要緊，我怕姥姥給餓壞了。沒有新鮮甜美的人血，姥姥的葉子枯了好幾片呢。」黑衣女子不甘示弱，嬌笑回嘴。

原來黑衣女子是烏鴉精，老婦人則是千年樹妖，兩「人」皆依賴取人魂魄、鮮血來修煉。

「姥姥再等等，就要有年輕力壯的男子來到這兒了。」小倩姓聶，是名女鬼，十八歲過世時被埋在千

年樹下，以致於她沒有自由，只能被姥姥脅迫差遣。

「就快要到考試的日子了，城裡的客棧已經陸續有人入住。我剛剛還看到一名男子黝黑結實、俊美健壯，本來想要勾他魂魄來孝敬您，但是怕驚擾太多人，只好決定等他借宿寺中時，我再為姥姥取走他的魂魄。」聶小倩裝作失望，一臉憂愁。

聽到有俊美健壯的男子，烏鴉精的眼睛一亮，姥姥則是貪婪的舔了舔嘴唇，問：「妳考慮得有道理，但就怕他不來住啊。那妳知道他叫什麼名字嗎？」

「我只知道姓燕，其他不曉得⋯⋯」聶小倩想了一下，才接著開口，「不過他看起來不像是一般讀書人，要是他沒有要趕考，那的確不見得會經過這裡。」

姥姥緊皺眉頭，說：「他不來就可惜了。」

烏鴉精沒有說話，然而一雙琥珀色的眼珠若有所思的轉著。

「如果真的錯過也沒辦法，不過，幸好還有其他人可以供姥姥享用。」聶小倩輕輕一笑，偷偷觀察烏鴉精的反應。

「姥姥，您這幾天就安心閉關修煉，養精蓄銳。等您出關，小倩妹妹就會立刻將年輕男子送到您面前，這不是很好嗎？」烏鴉精彎起紅唇，眼裡盡是狡猾。

姥姥失望的嘆了口氣。「那就再看看吧。」她還念念不忘聶小倩口中說的燕姓男子，聽起來他比所有人都美味可口啊。

「姥姥，」聶小倩笑著撒嬌，「要是那男人沒來，我多捉幾個給您補身體。」

聽了這話，姥姥才露出笑容：「妳真是個貼心的丫頭。好吧，那就這麼做吧。」

烏鴉精瞪著聶小倩，怨恨聶小倩竟然與她爭寵；而聶小倩只是笑得一臉燦爛無辜，毫不動怒。

當天晚上，等不及的烏鴉精瞞著姥姥，直奔客棧，企圖搶在姥姥與聶小倩之前獨吞「美味」的燕姓男子。

空中高掛一輪明月，烏鴉精以原形──一隻全身墨黑的烏鴉──現身，蹲在客棧庭院的牆頭，琥珀色的眼睛陰沉沉的窺探著所有人。

　　大多數的住房旅客都已經休息，卻有個俊美的男子眷戀月色，搖頭晃腦的在月下吟誦詩詞，男子詩興一來，不自覺越念越大聲。

　　看到男子膚色白皙，一身潔淨，渾身散發著文雅氣息，讓烏鴉精的眼睛為之一亮，彷彿找到了上等獵物。

　　「夜深了，你還不睡嗎？」一名膚色黝黑的男子走了出來，風姿俊朗，英氣爽朗。

　　烏鴉精的心跳加快，雙眼發直的盯著男子。

　　「燕大哥，你也還不睡啊？」俊美的書生微微一笑。

　　他名喚甯采臣，是浙江人，人品和文章都很傑出，頗受稱讚；而充滿英氣的男子叫燕赤霞，腰間佩劍，是個浪跡江湖的劍客。兩人是在客棧認識的，三兩句話間覺得意氣相投，很快就成了無話不談的朋友。

　　「甯公子詩興高，可是你不睡，大概整間客棧的人也都沒辦法睡了吧。」燕赤霞笑了笑，眼睛不動聲色的打量著牆頭的烏鴉精。

寧采臣微微紅了臉，一臉抱歉：「對不起，沒想到打擾了你休息。」

燕赤霞嘴角帶著淡淡的笑意，說：「出門在外，養精蓄銳比較重要，所以你還是早點睡吧。」他悄悄伸出手，按住腰間的劍。他的劍不是一般利劍，是一把能夠斬妖除魔的寶劍，他還沒睡的原因，也不是因為宵采臣吵醒了他，而是寶劍感受到濃烈的妖氣，蠢蠢欲動。

烏鴉精雖然隱約感覺到寶劍氣息，但她自傲自己已經修煉成精，又迷戀燕赤霞健壯的體魄，因此並不在意那把寶劍。

見燕赤霞和宵采臣各自回房，烏鴉精便飛下牆頭，幻化成黑衣女子的形體。她左顧右盼，對於自己的美貌有幾分得意，緩緩走到燕赤霞的房門口，輕輕敲了幾下。

「門沒鎖，請進。」

烏鴉精喜孜孜的推開門，眼前卻是燕赤霞冷漠的臉。

「深夜單獨到男子房間，就算不是鬼怪，也肯定並非善類。」燕赤霞瞪著烏鴉精，寶劍已經舉在手上。

烏鴉精一臉無辜，嬌媚的說：「大俠誤會了，我是

來求您救命的。」她抬起一雙美眸，打算兩人四目相對時就勾走燕赤霞的魂魄。

沒想到燕赤霞看都不看她一眼，立刻抽出寶劍往半空一拋，劍光森冷奪目，烏鴉精這時才曉得害怕，正打算逃走時，燕赤霞竟一躍接住寶劍，右手無情一送，劍尖刺入烏鴉精的胸口。

烏鴉精不敢相信的盯著寶劍，驚叫一聲，倒地時已經斷了氣。

燕赤霞嫌惡的轉開頭，冷冷一笑：「哼，死不足惜。」

姥姥出關之後，一直沒有烏鴉精的消息，派聶小倩四處打探，卻得到烏鴉精已經被燕赤霞殺死的消息，不禁十分震驚。

「看來這姓燕的不好惹……」姥姥一來顧忌燕赤霞的本事，二來對烏鴉精想要私吞燕赤霞這件事十分生氣，便不想幫烏鴉精報仇，只催促聶小倩幫她多找些男子。

甯采臣為了趕上考試日期，和燕赤霞在客棧道別後便急忙趕路。走到蘭若寺時，天色已經黑了，他便決定借住寺院一晚。當他正要入睡時，卻發現有人進

屋，急忙坐起身，大聲的問：「是誰？半夜來這兒做什麼？」

「公子別怕。」朦朧的月光籠罩著聶小倩，她羞怯的抬起頭，五官精緻，一身潔淨白衣顯出脫俗的靈秀氣質，彷彿是仙女下凡。「公子是天上神仙投胎下凡，與我在天上有一段情緣，所以我特地前來，希望能繼續這段緣分。」

甯采臣半信半疑的看著她。「所以妳是仙女囉？難怪這麼漂亮，就像是古人說的『若非群玉山頭見，會向瑤臺月下逢』一樣。」他吟誦李白的詩句，讚賞聶小倩的容貌如果不是在群玉仙山上見到，便是只有在月下瑤臺才能遇到的仙女。

聶小倩「噗哧」一笑，覺得甯采臣雖然風雅，但好像念書念成書呆子了。

聶小倩款款走向前，甯采臣又想到詩句，「曹植的洛神賦說『凌波微步，羅襪生塵』，一定就是形容仙女姐姐走路的姿態吧。」

「難道你打算背一整夜的書嗎？」聶小倩輕瞟他一眼，不禁覺得好笑。這甯采臣雖然有些呆，她卻覺得呆得可愛，要不是姥姥逼迫，否則她真不忍心害他這樣一個老實人。

聶小倩身上散發著若有似無的香氣，嬌弱的身子一歪，想倒入甯采臣的懷抱。

「仙女姐姐沒有讀過孔子的書嗎？正所謂『敬鬼神而遠之』，您既然是仙女，我這就只能尊敬您、遠離您了。」甯采臣抱著棉被急忙一閃，將頭埋在棉被裡不敢看她。

聶小倩愣了一下，勾引過無數男子，所有人總是想親近她，甯采臣是第一個拒絕她的男子。她不知道他是真呆，還是裝傻，便試探的說：「我說過，我們有一段情緣，所以你不必尊敬我、遠離我……」她悄悄飄到他身邊，嘴角微微一揚，「更不必害怕我、躲避我。」

感覺到聶小倩靠近，甯采臣又往旁邊一躲，連忙大喊：「雖然我們曾經有過情緣，但那是過去呀，現在妳我一個是仙女，一個是凡人，我怎麼能高攀呢？」

聶小倩狐疑的打量著甯采臣，卻發現他的眼神十分溫柔，令她有些心動──假使她還活著，一定會愛上甯采臣的。

但……聶小倩決定不要再想，勉強打起精神，笑說：「如果我不是仙女，只是個愛慕你的女子呢？」好女子不會半夜闖入男子房間，聶小倩意指自己並非良

家婦女。

　　甯采臣一臉正經，「那我也不能乘人之危，我不知道是誰想作弄我，把姑娘找來。再說我已經有未婚妻，怎麼可以背叛她呢？對於姑娘的感情，我只能說對不起了。」

　　聶小倩傻傻的看著甯采臣，忽然了解他話中的涵意——他以為自己被逼迫賣身，因此故意裝傻，以顧全她的面子。而甯采臣對未婚妻堅定的感情，讓聶小倩一陣感動、羨慕，卻也暗自感傷，說不盡的委屈湧上心頭，她忍不住傷心得細聲啜泣。

　　「姑娘，妳別哭啊，我沒有瞧不起妳的意思……哎呀……該怎麼說才好……」甯采臣慌亂的想安慰聶小倩，卻結結巴巴說不出完整的話，急得漲紅了臉。

　　聶小倩擦擦眼淚，淚眼汪汪的盯著甯采臣一會兒後，幽幽一嘆：「公子，我從沒見過比你更正直善良的人了，我無法害你，你快逃吧！」

　　甯采臣聽得糊裡糊塗，不禁皺起眉頭：「逃？為什麼要逃？」

　　「因為我是女鬼，因為這寺裡住著取人魂魄的千年樹妖。你如果不逃，就要沒命了。」

聊齋誌異

聶小倩收起笑容，散發出森冷氣息。

「姑娘，妳別說笑。」甯采臣嚇得臉色有些慘白，卻裝作鎮定。

聶小倩直直的看著甯采臣，說：「如果你剛剛不敵我的美色，我就會用錐子刺你的腳心讓你昏迷，再取你的鮮血給樹妖喝；要是美色無法誘惑你，那我就以黃金利誘，然後乘機挖出你的心肝。這些事情聽起來鬼話連篇，但都不是說笑的。」她面無表情，哭過的眸光顯得冷魅。

甯采臣打了個冷顫，無比驚駭，然而看到聶小倩一臉不甘時，他忍不住同情的說：「我相信妳是被迫做這些事情的，妳的心裡一定很不好受。」

從來沒有人用這種語氣安慰聶小倩，也沒有人曉得她內心有多麼不願意，甯采臣的溫柔讓她的眼淚幾乎再度潰堤。聶小倩趕緊深吸了兩口氣，淡淡的說：「把行李收拾好，我陪你離開這裡。」

「感謝姑娘。」甯采臣手忙腳亂的整理好行李，隨手捉起，便隨著聶小倩離開蘭若寺。

月光淡淡灑下，甯采臣才發現聶小倩並沒有影子，終於相信了聶小倩的話。聶小倩快速的往前飄去，甯采臣只能快步緊跟。

忽然前方響起一聲尖銳怪笑，一道黑影從天而降。聶小倩一驚，知道是姥姥來了，連忙將甯采臣護在身後。

「小丫頭要帶著俏公子去哪兒呀？」

聶小倩眼珠不停轉著，思考要怎麼騙過姥姥，才剛帶起一抹笑，姥姥已經沉下臉，搶先開口：「妳以為我糊塗，還會被妳的花言巧語騙了嗎？妳做的事情，我是不說破，但不是不知道。妳很聰明，竟然利用燕赤霞殺了烏鴉精。」

沒想到會聽到燕赤霞的名字，甯采臣眼睛睜大，忍不住專心聽起她們的對話。

姥姥接著說：「這幾天我想了想，依妳的功力，怎麼可能看不出來燕赤霞是個厲害的人物呢？肯定是妳知道烏鴉精衝動貪心的個性，所以故意透露訊息給她，而她也傻呼呼的自投羅網。」

聶小倩越聽越驚，手心甚至滲出冷汗──姥姥的確說中了她的計謀。「姥姥，姐姐想私吞燕赤霞，那是上天懲罰她對您不忠誠，難道這也得怪我？我對姥姥忠心耿耿，這俏公子長得好，我一時不忍心才放過他。既然姥姥想要他，那我當然就把他送給您呀。」她裝出一臉無辜，輕巧轉身，竟然把甯采臣推到姥姥面前。

寧采臣回頭看著聶小倩，既驚恐又錯愕，搞不清聶小倩到底想做什麼。

「算妳識相！」姥姥貪婪的伸出長舌，肥厚的舌頭如同一張毯子，一股濃厚的惡臭襲向寧采臣，熏得他頭昏眼花，四肢無力的愣在原地。

正當姥姥準備享用寧采臣時，聶小倩突然以迅雷不及掩耳的速度躍出，袖子一長，捲住姥姥的舌頭。

情勢變化太快，姥姥痛得發出怪叫，不停的惡聲咒罵，頭髮直豎，暴凸的眼睛不斷瞪大，像是要吃了聶小倩一樣。

聶小倩拚死纏住姥姥，朝傻愣的寧采臣大喊：「快逃！」

「那妳怎麼辦？」好不容易回神的寧采臣不願意獨自逃走。

「誰要你管我？」聶小倩怒吼：「快滾！」

寧采臣不理會她，捉緊傘，「啊」的喊了一聲，竟然直直衝向姥姥，用傘尖往姥姥的眼珠狠狠敲下。

受到重擊的姥姥衣服瞬間碎裂，所有碎片變成一枝枝的利刃四處飛射，聶小倩為了救寧采臣，只好放開姥姥，護在寧采臣面前。

然而利刃太多太密，即使聶小倩擋去了大部分的

聊齋誌異

攻擊，甯采臣的臉還是被一把利刃割過，滴下鮮血。

血的味道讓姥姥更加興奮，肥厚的舌頭再次朝甯采臣捲來，就在甯采臣和聶小倩以為自己必死無疑的時候，一道符咒從甯采臣的包袱飛出，化成一道黃光，銳利的割上姥姥的舌頭。

姥姥收回舌頭，嘴裡冒著濃煙，疼得在地上打滾哀嚎。聶小倩見機不可失，連忙抱著甯采臣飄飛逃走。

空氣中飄散著姥姥憤怒的咆哮，以及血腥混濁的氣味。

逃回客棧後，聶小倩對甯采臣說：「姥姥不喜歡人多的地方，燕赤霞又曾經住過這裡，所以這個地方暫時是安全的。」

甯采臣拍了拍胸口，等到緊張的情緒放鬆後，笑著說：「我不知道燕大哥本事這麼大，竟然殺了什麼麻雀精還是烏鴉精的。」

「是烏鴉精。」聶小倩之前來客棧調查的時候，就見過燕赤霞與甯采臣，不過並不知道他們有交情。「你和燕赤霞很熟？」

「燕大哥不喜歡和人打交道，但是對我很好，我們分別的時候，他送我一道符，說能保我平安。我猜

剛剛就是那道符咒傷了那個妖怪。」甯采臣這時已經完全相信聶小倩是真心想救他，便將經過一五一十的都說了。

聶小倩恍然大悟，低頭想了一下，說：「應該是因為你受了傷，所以才發動那道符咒。我已經和姥姥鬧翻了，她一定不會原諒我，所以我們得快點找到燕赤霞，求他打敗姥姥，這樣我們才有活命的機會。」

「是我連累了妳。」甯采臣無比愧疚。

聶小倩只是深深的看著他，沒有說話。她不會讓甯采臣知道，因為他的溫柔以及為了救她而奮不顧身的勇氣，自己已經願意為他捨棄生命。

甯采臣擔憂的說：「她肯定是握有妳什麼弱點，所以妳才會幫她殺人，不知道她會怎麼對付妳……對了，我還不知道妳的名字，該怎麼稱呼妳？」

「我叫聶小倩。過世的時候被埋在姥姥的地盤中，從此之後，我的魂魄被姥姥纏住。假使我不聽話，她便會折磨我的屍骨，讓我無法安穩。」聶小倩幽幽的嗓音充滿悲哀，忽然她感到一陣劇痛，不停在地上打滾、抽搐。

「妳怎麼了？」甯采臣嚇了一跳，不知道該怎麼辦。

聊齋誌異

「姥姥……姥姥在鞭打我……我的屍骨。」聶小倩臉色蒼白，全身發抖。

寧采臣抱住她，希望能減輕她的痛苦。「這樣有好一點嗎？」

「謝謝你……姥姥大概受了傷，沒有太多力氣，她已經停手了。」聶小倩感激的望著寧采臣，卻對上寧采臣充滿憐惜的眼眸。

「妳沒事真是太好了……」寧采臣漲紅了臉，低聲慶幸。雖然他訂下了親事，然而他從來沒有與未婚妻相處過，兩人之間並沒有情意，只有責任；但和聶小倩卻共同度過危險，不禁互相產生了相知相惜的情誼，以及曖昧的情感。

「書呆子。」聶小倩彎起唇角，眼睛望向微微透亮的天空。「我不能見到太陽，等一下我躲進你的傘裡，然後就去找燕赤霞吧，現在只有他能解救我們。」

「嗯。」寧采臣用力的點頭。

寧采臣帶著傘，白天打聽燕赤霞的下落，晚上就住在客棧，與聶小倩日夜相處，兩人對彼此的情意更加深厚，然而

那名「未婚妻」的存在，卻讓兩人不敢表白。

　　過了幾天，遲遲找不到燕赤霞的甯采臣乾脆在街上張貼「尋找劍客除妖」的告示，希望能吸引燕赤霞出現。

　　「再找不到燕赤霞的話，你就放棄吧。」聶小倩躲在傘內，不忍心甯采臣連日奔波，「姥姥畢竟是樹妖，她的根離不開土，只要你躲得夠遠，她不會去找你的。我快要撐不下去了，被我的鬼氣影響，你也越來越虛弱……你去找個漂亮的地方，把傘打開……讓我化成輕煙消散吧。」

　　聽了聶小倩自暴自棄的話，甯采臣只覺得生氣，便不理她，往告示方向看去。「我們的告示前又聚了些人，說不定燕大哥就在人群之中呢。」

　　「我說的話，你到底有沒有在聽？」聶小倩嘆了口氣。

　　「別嘆氣。」甯采臣笑了笑，說：「妳再嘆，氣都沒了。」

　　「我再不離開，就要換你沒氣了。」

　　「不要放棄，」甯采臣低聲說著，不知道是說給聶小倩還是自己聽，「如果能重新埋葬妳的骨骸，讓妳

聊齋誌異

投胎轉世的話，說不定我們還可以等……等下輩子
……」

　　<u>聶小倩</u>本來想問<u>甯采臣</u>到底要說什麼，卻忽然臉
上一紅，她聽懂了──說不定還可以等下輩子再相聚、
相愛。

　　「有人撕了告示！」<u>甯采臣</u>突然振奮大喊，捉起
傘衝上前去。「<u>燕</u>大哥，是你嗎？」

　　撕下告示的男子回頭，眉眼之間滿是英氣──正
是<u>燕赤霞</u>。

　　一看到<u>甯采臣</u>，<u>燕赤霞</u>不禁皺緊眉頭：「你身上的
鬼氣很重。」

　　「<u>燕</u>大哥，這裡人多，我們去旁邊說話。」<u>甯采
臣</u>拉著<u>燕赤霞</u>，沒想到<u>燕赤霞</u>卻飛快的奪走他手中的
傘，就要打開。「<u>燕</u>大哥，傘下留命啊。」

　　「我這麼做正是為了留你的命。」

　　情急之下，<u>甯采臣</u>雙膝一跪，苦苦懇求著<u>燕赤霞</u>：
「她的身世值得同情，請你可憐她，而且她的心地很
善良，如果不是她，我早就死在樹妖手裡了。」兩人
拉拉扯扯，引來不少路人圍觀。

　　「你被騙了。」<u>燕赤霞</u>冷著一張臉，「她的罪孽深
重，我聞得出來。」

「不過你的欺善怕惡，我現在才看出來。」

圍觀的人群沒想到傘裡會突然冒出女人的聲音，紛紛大叫：「有鬼！」轉眼間甯采臣和燕赤霞周圍已經空無一人。

燕赤霞愣了一下，追問聶小倩：「妳說這話是什麼意思？」

「我敢豁出去對抗姥姥，你敢嗎？」聶小倩的語氣中充滿嘲弄。

「如果不敢，我怎麼會撕告示？」燕赤霞哼了一聲。

「我的意思是說，如果你是我呢？」聶小倩繼續說：「如果你的屍骨在別人手中，如果你生前沒有親人可以依靠，死後又沒人祭拜，如果你受樹妖壓迫，又受烏鴉精欺凌的話，你能怎麼做？」

燕赤霞頓了一下，冷冷的說：「這些都是藉口。」

「我做錯的事情，我不會逃避責任。」聶小倩語氣堅定，「只是畢竟我身不由己，並不是故意為惡，為什麼不能給我一個機會呢？我願意當誘餌，引姥姥現身。」

甯采臣先是一愣，然後急忙接口：「我也願意！」

「這是會死人的事情。」燕赤霞不同意甯采臣的

行為。

聶小倩沒想到甯采臣竟然想與她同進退，擔心甯采臣會出事，便說：「你只會壞事，別來拖累我們。」

甯采臣深情的看著傘，默不做聲，但是態度堅決，誰都無法動搖他的決定。

甯采臣和聶小倩一來一往，燕赤霞看在眼裡，知道他們彼此都動了真情。自從他開始斬妖除魔以來，都以為鬼怪無情，誰知道人鬼之間，竟然也可以有這麼堅定的情感。燕赤霞一時動了惻隱之心，卻假意冷著聲音，說：「這件事情，我會安排，你們都別多嘴。」

曉得燕赤霞已經決定幫忙，甯采臣不禁露出明朗的笑容，卻不知道躲在傘中的聶小倩笑得悲哀淒涼。

夜半時分，聶小倩獨自一人回到蘭若寺。這時，突然一陣怪風呼嘯而起，空中傳來姥姥高拔尖銳的聲音，令人不禁頭皮發麻。

姥姥擔心聶小倩使詐，雙手一張，不知道從何處竄出的枝葉，密密的將蘭若寺遮天蔽日的圍住，而她妖魅的眼珠在黑暗中閃著森冷綠光。

聶小倩朝姥姥跪下，笑著說：「姥姥您別生氣，要

不是要跟您賠罪，我怎麼敢回來呢？」

「妳這丫頭心機很多，以為我會相信妳嗎？」

「姥姥，您一向最疼愛我，我是一時糊塗，被那男人迷惑住才會辜負您的。上次惹您動怒之後，我差點就要魂飛魄散。是姥姥手下留情，要不然我就灰飛煙滅了，您對我的好，難道我會不知道嗎？」聶小倩笑得甜美無辜，字字句句無比誠懇。

「我還以為小丫頭不知好歹，整天只想著做壞。」姥姥打量著聶小倩，仍然不太相信她的話。

「姥姥法力高強，要取人性命易如反掌，只是人如果受到驚嚇，取來的鮮血就不夠甜美可口。假使由我幫您下手，可以保證那血的滋味絕對鮮美，再說，我又不像烏鴉姐姐會偷偷私吞男子魂魄。姥姥留下我，對您只有好處。」

姥姥哼了兩聲，沒有說話。

聶小倩嬌美一笑，討好的說：「為了表示我的誠意，我把甯采臣的心臟取來給您了。」她拿出一個皮袋，袋口上沾了些鮮血。

姥姥興奮極了，她的嗅覺萬分敏銳，當時聞過甯采臣的鮮血的味道之後，便念念不忘那股滋味——的確是甯采臣的味道。她得意的笑著，迅速收起枝葉，

伸手捲起了皮袋。

她舔了舔嘴脣，馬上想動手撕裂皮袋，享用甯采臣的心臟，沒想到一打開袋口，卻是燕赤霞一躍而出，嚇得她大退了好幾步。

燕赤霞揮舞著寶劍，劍光凜冽，姥姥怒吼一聲，立即化為一棵巨樹，無數的枝葉勒住燕赤霞，緊緊收縮，想讓燕赤霞四分五裂而死。

「哼！就這麼點本領也敢出來害人！」燕赤霞口中念咒，狂風黑雲遮蔽了天空，接著天搖地動，一旁的聶小倩也被晃得差點站不穩。

巨樹的葉子沙沙作響，像是姥姥哀嚎求饒的聲音。

燕赤霞冷哼一聲，加快了念咒的速度，突然巨樹開始燃燒，被巨樹枝葉纏住的燕赤霞動彈不得，熊熊火焰漸漸逼近，他才知道姥姥的打算——她要和燕赤霞同歸於盡。

發現燕赤霞情況危急，聶小倩來不及多想，飛身奪過燕赤霞手中寶劍，不管自己的雙手被寶劍的正氣燙得焦紅，舉起寶劍，用力刺入巨樹樹幹。

「啊——」姥姥一聲慘叫，放開了燕赤霞，然而聶小倩卻瞬間被火焰籠罩，身子逐漸變得透明，最終消失在燕赤霞眼前。

燕赤霞從懷中拿出一張符咒，口中念念有詞，一道雷電落下，劈中仍舊張牙舞爪的巨樹。隨著巨樹不停的扭動、哀嚎，火勢減弱，終於巨樹凋萎死亡，只留下燒得焦黑的枝幹。

嘆了一口氣，燕赤霞朝著聶小倩消失的方向說：「謝謝妳。我不知道鬼怪中，也有像妳這樣重情講義的女子，我一定會幫妳投胎轉世的。」

一場惡鬥結束，烏雲散開，一輪明月高掛天空，月色如水，灑下滿地溫柔。

離蘭若寺不遠，有一株千年老樹，陰森寒涼，聶小倩的屍骨便是埋在這株樹下。

燕赤霞陪著甯采臣挖出聶小倩的屍骨，找了一塊風水好的地方將她安葬。

為了幫助聶小倩，甯采臣錯過考期，只好返回家鄉，準備迎娶未婚妻，卻沒想到未婚妻得了怪病，早就過世了。過了幾年，甯采臣通過科舉考試，官途順遂，有許多女子想嫁給他，然而他總是笑笑的拒絕親

事。

　　轉眼過了十八年，有個媒人前來說親：「小倩姑娘長得好，貌美如花、聰明靈慧，只可惜臉上有一塊像是被火燒過的胎記……」

　　甯采臣歡喜的接受這門親事，小倩的容貌與聶小倩一模一樣，性情溫婉。夫妻兩人感情和睦，百年好合，傳為一時佳話。

聊齋誌異──神鬼傳奇

蒲松齡寫出了一個又一個生動的狐鬼仙妖，並賦予他們情義的性格，讓他們的形象更為豐富。現在，請你動動腦，回答下面的問題吧！

1. 本書的九篇故事中，你最喜歡哪一篇？為什麼呢？

_____

_____

_____

_____

2. 你覺得鬼怪可怕嗎？如果是善良的鬼怪，你願意和他成為朋友嗎？為什麼？

_____

_____

_____

3. 相信你一定聽過其他《聊齋誌異》的故事，快動
筆寫下來，與大家分享一下吧！

著名兒童文學作家 林良
國語日報社總編輯 馮季眉 誠摯推薦

一套充滿哲思、友情與想像的故事書
展現希望、驚奇與樂趣的
我的蟲蟲寶貝！

想知道

迷糊可愛的毛毛蟲小靜，為什麼迫不及待的想「長大」？

沉著冷靜的螳螂小刀，如何解救大家脫離「怪傢伙」的魔爪？

膽小害羞的竹節蟲阿比，意外在陌生城市踏出「蛻變」的第一步？

老是自怨自艾的糞金龜牛弟，竟搖身一變成為意氣風發的「聖甲蟲」？

熱情莽撞的蒼蠅依依，怎麼領略簡單寧靜的「慢活」哲學呢？

Let's Go!
隨著昆蟲朋友一同體驗生命中的奇特冒險
學習面對成長過程中的種種難題
成為人生舞臺上勇於嘗試、樂觀自信的主角！

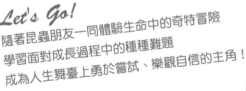

在經典故事中成長

——有圖、有料、有意思

唐三藏西天取經、魯智深大鬧桃花村、

諸葛亮草船借箭、牛郎織女鵲橋相見⋯⋯

過去，我們讀這些故事長大

現在，我們讓這些故事陪孩子一起長大

豐富的文化應該被傳承，傳統的經典需要有新意

小說新賞，讓經典再現——

🍶 導讀簡明，掌握故事緣起

🍶 內容生動，融合古典新意

🍶 插圖精美，呈現具體情境

🍶 經典新編，富含文學性質

全系列共三十冊

一生不可不讀的三十本經典

國家圖書館出版品預行編目資料

聊齋誌異／詹文維編寫;莊河源繪.－－初版二刷.－－
臺北市: 三民, 2019
面; 公分.－－(兒童文學叢書／小說新賞)

ISBN 978–957–14–5603–4 (平裝)

859.6   100025152

© 聊齋誌異

編 寫 者	詹文維
繪 者	莊河源
發 行 人	劉振強
著作財產權人	三民書局股份有限公司
發 行 所	三民書局股份有限公司
	地址 臺北市復興北路386號
	電話 (02)25006600
	郵撥帳號 0009998–5
門 市 部	(復北店) 臺北市復興北路386號
	(重南店) 臺北市重慶南路一段61號
出版日期	初版二刷 2019年5月
編 號	S 857590

行政院新聞局登記證局版臺業字第○二○○號

有著作權‧不准侵害

ISBN 978–957–14–5603–4 (平裝)

http://www.sanmin.com.tw 三民網路書店
※本書如有缺頁、破損或裝訂錯誤,請寄回本公司更換。